楊青矗作品集 2

工廠女兒圈

獻給
為經濟發展默默工作的姊妹們

〈一九七八年舊版〉

獻詩　生產線上

——葉香

一襲藍衣
萬架機器
待發

數千瓩燈光
亮炯炯是老闆的眼
鉅細靡遺
趕貨趕貨趕貨

這把鑷子不夠尖細，退回
這塊電晶體金線斷落，重做

照完三十倍的顯微鏡再照八十倍
不能一絲兒污損
一點兒微傷

冷氣機捱緊五佰度的熱爐
對著夾在中間的我們吹送
有人端貨過來有人抬物出去
有人在椅上檢視產品優劣
有人迅快偷塞一顆酸梅入嘴內
相同的是伸長的手臂
不斷飛動如驚蟄的蛇

貨趕完了嗎？
還沒有。
加班加班加班

〈一九七八年舊版序〉
眼淚、血汗、豐收
平心靜氣談女工問題

——柴松林序

翻開人類的歷史，只有農業革命和工業革命可當得起是劃時代的兩件大事。在農業革命之前，人們以狩獵為生，維持基本生存的需要已是十分困難，人雖然有思想、有藝術才能，甚至於有宗教信仰，但是人類的生活方式和動物的差別十分微小。大約在一萬年前中東肥沃地區出現的農業革命，創造了城市和其他永久居住地區，才使得一切改觀，而兩百年前由英國開始的工業革命，提高了人類對於自然的控制力，人們的意識型態，家庭制度，經濟生活和社會結構，無不受到劇烈的影響，促成人類生活標準和行為模式的永久性變化。目前這個工業革命的影響仍在逐步的擴展，這個開展的過程當然不會像農業革命那樣經歷萬年，但其對人類歷史影響的巨大，和在其開展過程中所發生的種種事實，真是驚濤裂岸，令人歌哭與共。

這些年來，我們滿足和陶醉於經濟進展的成就，而這些成就，也正是工業革命洗禮的結果，從民國四十二年以來，我們在生產方式、對外貿易、就業水準、產業結構、都市化進展和社會結構各方面都產生極迅速的變遷；這些我們樂道的成就之所以獲致，主要係由於下面幾個原因所造成：

一、由於我民族傳統的勤勞美德，使我們尊重工作和熱愛工作。

二、由於我們處於產業轉變的初期，農村中有許多隱藏的勞動力可以移出，充裕供應工業發展之所需，使勞動力之供應不虞匱乏。

三、由於我國民的力爭上游、教育普及、知識水準提高，同時也增加了國民學習新技術的能力，促進勞動生產力的上升。

四、由於在工業化進展期間，生產力增進的速度，高於工資提高的速度，使工資生產力相對提高工資成本相對低廉。

五、由於貧窮時代農業社會節儉風尚的影響，我們過去經濟活動的中堅分子消費的傾向低，儲蓄的傾向高，使資本形成容易。

六、由於女性勞動參與率的提高，尤其是在變遷社會中，自農村移出的年輕女性加入工業生產行列所作的貢獻。

在傳統的農業社會，女性的活動範圍僅限於家庭和其所居住的社區，甚少參與勞動市場的競爭。但自文藝復興以後，由於世界的發現和人的發現，人類才開始逐漸拋棄因襲和束縛，競求光明和自由，孕育了人類解放運動。盧梭的民約論出版，提倡天賦人權，才開始激起婦女對於自由平等生活的渴望和企求。十七世紀末葉到法國大革命之間才有婦女積極起而爭取權利，先是古傑發表婦女權利宣言，號召婦女參政，後有吳爾史東克來夫特出版婦女權利的呼籲，自此以後對於婦女權利的主張，才漸為人們所重視。而給予婦女解放運動積極影響的，是工業革命所帶來的經濟和社會制度的根本改變。其中影響最大的主要有下述四點：

一、由於機器的發明和應用，使婦女有能力參加工廠工作，尤其是紡織業的興起，容納了大批的婦女勞動者。

二、因為社會上主要的生產方式，由手工業轉變至大規模的機器生產工業，過去必須在家庭中操作以謀維持生活的衣食等項物品，現在都可以由交易社會得來，家庭中婦女所擔任的工作漸少，乃使其有時間及可能參與社會活動。

三、由於資本主義的興起，使多數沒有資本的人，不論男女，都必須進入勞動市場以謀求生活。

四、由於社會財富的累積和生產力的提高，增加閒暇和所得、普及教育、提高知識水準，使婦女工作能力提高，也使尋求經濟上獨立和分擔家庭經濟責任的女性增加。

台灣地區本來是一個貧窮的農業社會，在民國五十一年時，按民國六十年幣值計算的國民所得僅為九一、二六七百萬元新台幣，至民國六十五年已增至二七六、八七二百萬元新台幣；平均每人每年所得在民國五十一年時為七、六九七元新台幣，至民國六十五年時已增至一六、九一二元新台幣。兩者均有顯著的增加。

不但這些年來國民所得與平均每人所得增加，勞動人口亦大幅度增加，在民國五十二年時，就業人口為三五七萬人，其中男性為二五六萬人，佔七一・五七％；女性為一〇一萬人，佔二八・四三％。至民國六十六年，就業人口增至五七八萬人，其中男性為三九六萬人，佔六八・六三％；女性為一八一萬人，佔三一・三七％。在增加的就業人口之中，女性增加的速度超過男性，致使男性所佔的比例下降，女性所佔之比例上升。增加的女性就業人口，主要的是一五至二四歲的低年齡組。民國六十六年時，一五至一九歲組的女性就業人口為四二萬人，二〇至二四歲組亦為四二萬人，這兩組的就業人口幾乎佔了女性就業人口的一半。

在女性就業人口之中，若按教育程序來分，在一八一萬人中，小學以下不能讀書者有三八萬人，小學程度者有七五萬人，初中程度者有二八萬人，高中程度者三〇萬人，專科以上程度者一〇萬人。若看女性就業人口所從事的行業，則在農林漁牧業有四八萬人，礦業及土石採取業者一萬人，製造業有六六萬人，營造業有二萬人，商業有二九萬人，運輸倉儲通信業有四萬人，金融保險及工商服務業有三萬人，社會團體及個人服務業有二八萬人。女性就業人口，主要就業的行業在二五歲以下兩組中以製造業為主，共有四七萬人，在三〇歲以上各組以農林漁牧業為主。女性就業人口，在各經濟部門中所任之職業中，專門性、技術性、及有關人員，主要係中小學教師有一〇萬人，行政及主管人員主要係小型商業主有一萬人，佐理人員主要係會計員打字員有二四萬人，買賣工作人員有二二萬人，服務工作人員有一三萬人，農林漁牧及狩獵工作人員有四八萬人，生產及有關工人，運輸設備操作工及體力工有六四萬人。由以上的資料可知，女性就業人口主要在經濟部門中所從事的職業，在低年齡組以生產及有關工人也就是通常所說的女工為主，在較高年齡組以農業工作者為主。在服務工作人員中女性就業者所從事的主要行業是餐廳業、旅館業、洗染業、理髮及美容業、裁縫業。

這些女性勞動者的平均每月及每日工作時間，在礦業及土石採取業是每月二二．五日，每日八小時；製造業為每月二六日，每日八．八小時；營造業為每月二五．八日，每日八小時；運輸倉儲及通信業每月二五．九日，每日八．三小時；服務業及餐旅業每月二七．八日，每日九．六小時。就個別的行業言，如棉紡業、洗染、理髮、美容、裁縫等的每月工作日數曾有每月工作二九日以上者；以每日之工作時間言，旅館、美容、裁縫等業，竟高達十小時以上。在同業之中，女性之工作時間亦常有長於男性者。

女性工作者之工作時間雖不較男性為短，但其平均薪資卻遠較男為低，在礦業及土石採取業，民國六十五年平均每月之平均薪資，男性為六、八三一元，女性為二、七五一元；製造業因無性別之資料，在民國六十一年時平均為二、一八一元，男性為二、七九九元，女性為一、五二三元，至六十五年平均增至四、七〇四元，按六十一年之比例計算，男性應為六、一一五元，女性應為三、二九二元；營造業男性為五、二九二元，女性為三、六九六元；運輸倉儲通信業男性為五、八九三元，女性為四、七四一元；服務業及餐旅業男性為四、四九一元，女性為三、一二五元。

受僱員工之進退率極高，在民國六十五年時，製造業之每月平均進入率為三・六七%，退出率為三・三一%，各行業之間有極大之差別，許多行業之進退率有高達一〇%以上者，可見其工作之安定性極低。

台灣地區的各級工會組織在民國六十五年時共有一、三六三個工會，會員有八五四、六五〇人，僅佔就業人口的七分之一左右。其中中央級工會一六六單位，會員二一一、七二二人，其中人數最多的為海員、電信、郵務、鐵路、公路、石油及加工區產業工會聯合會；省市級一二四單位，會員一一〇、九六四人；縣市級一、〇八一單位，會員五一五七二二人。在勞資爭議案件中，按原因分，依次數多少次序分，最多的是因故解僱、傷害賠償、無故遺散、積欠工資、業務爭執和要求津貼。台灣由於工會組織欠健全，無法充分發揮其功能，多半流於形式而已。

在製造業各勞力密集的產業中，如電子、紡織等業，幾乎全是女工的天下，這龐大的勞動力便是台灣近年來經濟發展，貿易擴張的主要動力。我們如果探討一下，為什麼在這些行業之中，女工成為勞動力的骨幹，可能由於下面幾個原因：

一、女工的工資較低：在勞力密集之產業，工資為主要之成本，低工資可以減低成本；尤其是在固定設備及原料受國際價格支配，及生產效率難以提高之情形下，減少工資支出便成為唯一可行的途徑。

二、女工之流動性大：由於勞力密集之輕工業技術簡單易學，長久之經驗對於生產效率及技術之增進並非必要，而僱用未婚女工，婚後即多離職，一方面可保持年輕而優秀的勞動力，另一方面可以免負擔遣散費與退休金，更不必因年資而提高工資。

三、對於勞工之體力需要少：自工業革命之後，各種動力機械出現，體力不再是勞動的主要因素；耳目聰明，雙手靈巧之女工，更為資方所樂用。加上分工日細，工作單調，更歡迎細心及有耐力的女工。

四、無服兵役之義務：男子因有服兵役之義務，工作因而中斷，並須依法保留職位，增加困難，而女工無此種義務。

五、女工較易管理：由於女性傳統地位較低，有權威服從之傾向，工廠紀律易於維持；多數女工，安於現狀，逆來順受，對於權利甚少要求，暴行極少採取，指揮容易。

上述女工之優越條件僅為女性勞動力增加原因之一面，另一面，女工之樂於參與勞動市場之競爭，進入產業界工作的原因，羅業勤女士曾分析係由於：津貼家用、個人興趣、嚮往都市生活，打發時間和尋找正當身份五個原因。近一步分析女工之工作原因，主要者約有下列幾個：

一、由於農村人口增加，而農業所得偏低：農村之剩餘人口雖然不像城市那樣立即構成失業問題，但卻形成隱藏性失業或就業不足問題，表面上大家有事做，但工作量不足，收入低；於是促使農村勞動力外移，羅女士所謂的貼補家用即指此而言，估計有七〇%的女工外出工作係由於這個原因。

二、提高個人的權利地位：在傳統社會之中，女子之地位低，工作卑賤而勞累且無報酬，多數家庭由於女子工作本係無酬，故外出工作之女工，不僅可獲致經濟上之獨立，亦有助於提高其在家庭中之地位，並可進而爭取婚姻的自主權。

三、爭取接受較高教育之機會：在傳統社會，低收入之家庭，女子之教育機會常被犧牲，對於有上進心之女子有一種挫折感，工廠在大都市附近，距離學校較近，有規律性之工廠工作，成為年輕女性半工半讀彌補失學遺憾之主要途徑。

四、都市生活的嚮往：一般農村生活，勞苦單調，遠不如工商業城市之多采多姿，由於親友和傳播工具的誇張遊說，更形成了農村女子強烈的外出慾望，渴望見見世面，增廣見聞，體驗人生。

除此之外，亦有許多女工係為了擺脫家長的束縛，擴大社交範圍，打發時間，尋找正當身份、和單純為了逃避家庭和社區所給予的生活或婚姻上的壓力。過去有關這一方面的研究，像黃富三先生所做的調查，都顯示女工喜歡留在工廠，而不喜歡留在家庭，可見工廠對於農村女工有極為強烈的吸引力。

近年來台灣經濟之能蓬勃發展，一方面由於對外貿易之擴張，但另一方面由於國民所得之增加，更擴大了國內的市場。國民所得之提高主要歸功於以出口為導向之輕工業，由於機器、原料和技術之依賴進口，故台灣之所得主要係依賴自勞力，尤其是女工的勞力，他們直接促成政府稅收，廠商利潤，提高所得及消費水準，間接促進教育文化的發展，社會的變遷和進步。以外資企業來看，由於種種獎勵和優待，利潤幾全為外商取回，台灣所得僅工資一項而已；以本國企業來看，廠商之利潤雖甚為優厚，但對國內市場之貢獻不如工人的工資。黃富三先生曾列舉三項理由：

一、由於工人工資總額較廠商利潤總額為高，因之對國民總消費之貢獻亦較大。

二、由於資本家之個人所得雖遠高於工人，但人數少，而個人之消費有其限度，故總消費額亦較少。

三、由於資本家傾向於消費舶來品，對於本國市場甚少作用，而工人多消費本國產品，對於本國市場之擴大有積極之貢獻。

而女工工資為一種新的所得，對於市場需求有突破性的作用，女工工資之出路一方面轉變為衣著服飾、化妝品、娛樂品，另一方面大多貼補家用，提高了農村家庭的消費能力，刺激了家用電器、食物、娛樂等行業的市場。

女性勞動力之增加，固然導致種種的社會問題，但對整個社會而言，則有極大的社會性收獲；主要者有以下幾項：

一、自主獨立生活之實現。

二、女性在家庭中之地位提高，且在家庭事務之中有更大的發言權。

三、增進女性受教育之機會，不過過度的利用女工可能會影響了年輕女性受教育的權利。

四、增大女性視野，提高其道德修養，並改善了社會階級結構，改善了女性的職業與擴大了原來女性的就業範圍。

五、有助於婦女地位之提高，為多年來婦女解放運動所爭取的男女平等奠定基礎，也為人類社會的未來開拓和諧幸福的遠景。

女工、童工和學徒都是工業中的特別勞動者，對於這些特別勞動者的保護，在早期是主要的勞工問題之一。在人道主義者的眼光之中，成年男工為一健全的個體，可以與僱主相對抗，故成年男工的勞動條件，可由其個人與僱主交涉。至於女工童工，或由於身體之柔弱，或由於經濟地位之低落，不僅身體容易受到損害，且由於認識與判斷能力較差，不知何所選擇，不能有以自保，在勞動市場之中，常常處於劣勢地位，成為事業主榨取之對象；政府對於此種事實，自不能袖手旁觀，任其被事業主榨取剝削，故必須給予必要之保護。

有關於女工保護之立法，主要的有以下四項：

一、母性保護：事實上有關於女工之保護事項幾乎都是為了保護母性。對於懷妊及生產時期之女工，在分娩前後工作之禁止，休假期間工作之保留，產後休假之特許等項均給予適當之保護。除產後休假之外，對於育嬰亦有適當之保護，並對於女工在懷妊及分娩後若干時間內，給予經濟支援。

二、道德保護：除對女工身體方面之保護以外，並注意女工道德和風紀方面之保護，禁止或限制有害道德工作，並禁止在有害道德的職業或環境中工作。

三、工作保護：由於先天上體力之限制，生育子女及料理家事之重任，對於女工工作均應給予特別之保護，例如限制過長的工作時間，並限制其在夜間工作；禁止從事有危險性工作和有害健康之工作，並規定生理休假之允許。

女工之保護固屬理所當然，但根據丁幼泉先生的分析認為目前台灣的女工保護問題還是一個亟待改善的問題，主要的有下列幾項：

一、女工的工資一直較男工為低；

二、女工的工時一直較男工為多；

三、女工的生理假一直未能依法實施；
四、女工仍須無條件的從事夜間工作；
五、女工仍在從事危險性及有害風紀之工作。

對於女工的保護本是文明社會的產物，它的出發點是基於人道精神和社會精神，同時也與國家民族的利益有密切的關聯，因此，女工保護的立法應予合理改善。

在尋求解決勞資爭議方面，最主要的是促進勞資雙方合作，溝通其利害一致的觀念；使每一個勞工和僱主，都能視對方的利益如同自己的利益；尤其是僱主，特別要把勞工視為共同事業之一員。事實上，資方之目的，在於提高利潤；勞工的要求，在於增加待遇；兩者的希望，均有賴於成本的降低和產量的增加。其次，促進勞資合作應採的途徑應該是建立團體協約、工廠會議和工業民主制度。這一套制度的主要功能，丁幼泉先生曾將之歸納為十二點：

一、勞工與僱主合作，提高生產效率；
二、引用新的勞動方法，促進工業發展；
三、維持工業和平，保障勞工權益提高其地位；
四、互相維護並監督全體生產者從事生產事業之進行；
五、企業之經營，應與勞工取得密切合作，並使勞工享有股權；

六、工廠組織及工作方法改良之設計；
七、勞資雙方與工廠檢查員合作，共同防止工業事故和有礙勞工健康事件之發生；
八、共同協商決定工資支付之方法；
九、共同協商分配工作時間，休息及休假時間；
十、協議職工福利之改進；
十一、學徒及未成年勞工之保護與訓練；
十二、頒訂及修改工廠中之一切規章。

這樣一方面可以緩和勞資雙方的利益衝突，也消弭了雙方爭執的原因，使雙方的利害一致，才能解決勞工問題。

為了提高勞工的福利，促使勞資合作，增進國家利益和建立和諧社會，有關於保護勞工方面，我們有以下的盼望。

對於政府應努力的方向，我們希望：

一、在順適時代思潮和國家情勢的原則下，修訂有關勞工的種種立法，使能適應事實的需要，維護生產的秩序，使勞資雙方及整個社會之利益得以增進。

二、加進勞工教育，培養其生產責任的觀念和提高其工作的知識技能。

三、由於勞工方面的怠工、罷工行動已予限制，對於資方的任意歇業、停業、停工亦應有所防止；並對勞工停止行使罷工權後予以適當而有效之救濟，或考慮不停止罷工制度之實施。

對於僱主應努力的方向，我們希望：

一、在可能範圍之內，盡量提高工資，以安定勞工生活；

二、改進勞工工作和生活的環境，提高其工作的效率；

三、避免對勞工施用壓力，接近雙方距離；

四、以信心和耐心，與勞工溝通意見，締結協約，參與會議，採行工業民主之各項措施。

對於勞工尤其是女工應努力的方向，我們希望：

一、不斷的培養並提高敬業樂業的精神，尊重和使人尊重個人的人格和尊嚴。

二、不斷的學習新技術，學習新知識，以提高生產之能力。

三、盡力維護生產事業之發展，同情並瞭解僱主的處境，使所獻身的事業能向前邁進。

四、以虛心和信心，參與工廠會議，與僱主締結協約，並積極參與工會組織，強化其活動，共謀整體利益之增進。

不單是女工問題，一切勞工問題，都必須捐棄成見，自私和既得利益，心平氣和才能解決。

女工問題是一個社會問題，當然也應該是為人們所關注的問題。作家的任務之一，自是應該反應這些問題。顏元叔先生曾為文申論這一問題，認為社會寫實作家經常處理著社會問題，而處理社會問題，便是一個知識的問題，作者的觀點若固執於一端，知識若是局限於一面，經常在作品裏表呈或暗示他的見解，這個見解若是缺乏圓融的知識為基礎，他的見解可能成為偏見，而這個問題會受到歪曲的表呈。從事社會寫實，易於受到情感的影響，而喪失客觀性，而情感又易於矇蔽真象，結果反而與寫實的精神背道而馳。所以社會寫實作家應該保持冷靜和客觀，他所寫的才是這個社會的真實，呈現於讀者面前的真實所給予和引起的才是真情感。

社會科學家所關心和所討論的，主要是這個時代的共相，各種現象的特性、法則、關係；而作家所關心和描寫的是構成這個共相的個別的個人，個別的事件。社會寫實作家在呈現和處理社會問題之時，也應該透過社會問題來描繪在社會問題中顯現的人性。因為作家所表呈的是永恆的人性，所以即使他們描述社會問題已經過時，但是他的文學價值則不會過時，而文學作品藉著他們呈現的永恆人性而永遠存在。

楊青矗以他在工廠為工人的經歷和對於社會的關心，描述他所熟悉的人和事，記錄我們這一代廣大階層的希望，幻滅、悲傷、愁苦、歡樂和爭論。將社會普遍共相中的個別事件，寫成：昭玉的青春、秋霞的病假、婉晴的失眠症、龜爬壁與水崩山、工廠的舞會、自己的經理、陞遷道上、外鄉來的流浪女等八篇短篇小說，結為工廠女兒圈出版，呈記女工世界的生活，雖然不是什麼史詩之作，但是記錄了我們這時代中某些兒女的聲音，並探討在這一環境下的人性，自有其意義與價值。

楊青矗是一位極富同情心的人，但這種同情心也使他的作品，在情感上特別偏護弱者，這種對弱者的偏護，偶而也會使他觀察問題時忽略了應該採用更為廣闊的角度。有時更會忍不住，在作品中不知不覺的作了價值判斷。

但無論如何，楊青矗記錄了缺失的一面，引起社會大眾對勞工問題，尤其是女工問題的關切，同時也可能像他在另一部小說《工廠人》的序言中所說的，啓發了管理階層的良知，增加了對工人的同情而改變了對於女工的管理方式和態度，而成了小說作品的意外收穫，這意外的收穫也許正是他從事寫作的原始動機吧。

以一個文學創作和文學批評的門外漢的立場，希望本文對於女工問題的背景，女工的貢獻和在臺灣經濟中的地位，女工問題形成的原因和解決之道作簡單的介紹，作為工廠女兒圈寫作背景的一個說明。也希望作家和讀者，在討論和描述社會問題時，常存愛心，捐棄成見，共謀社會問題的解決以及和諧社會的建立。

最後，向工廠女兒中的主角和我們所有姐妹，致最高的敬禮。

〈一九七八年舊版序〉

楊青矗的良心與用心

——呂秀蓮序

十二月底自亞特蘭大城參加法學會議歸來，接到楊青矗的信，希望我為他的新書《工廠女兒圈》寫序。由於我期終考在即，哈佛法學院課業奇重，輟學多年重拾學生生涯的我，自不敢玩忽懈怠，於是去了一信表示時間上忙不過來。

不意方才又收到來信，略事遲疑之後，我決定犧牲一點準備功課的時間，為他，也為多年來在工廠生產線上默默工作的眾多姊妹表示敬意。

這位朱西甯筆下「土土土的楊青矗」，能崛起台灣文壇，卓然屹立於文學之林中，他的崛起與屹立，與其說是他個人的成績，無寧視為台灣廣大生產大眾的驕傲。

「文以載道」原為中國數千年來的經典常談，詩書文藝則為士大夫的消閒享受，無論載道或消閒，照說都輪不到一個曾做裁縫與工人，目前仍在工廠做工的人的份兒、然而楊青矗的文章竟然備受各階層人士所喜愛，他所反應的諸多工人問題屢受關注，文學已不再是貴族文學，小說也不再是閒餘作業，似乎因此很可喜的肯定。猶記得去年拓荒者出版社在信義路國際學舍參加書展，我眼見著楊青矗的書一本本被大學生及看起來相當有氣質的人士買去時，我們內心踴躍著難以言喻的感動！畢竟，工人的價值在我們的社會中仍佔有一席之地。

當然，工人問題不是社會問題或人生問題的全部，因而工人文學也不是文學的全部，楊青矗偏限或偏執於此，因而未能為另外一些人所喜愛也是事實，然則，如若他有所偏限或偏執，他的偏限或偏執卻是值得諒解，甚至應該予以喝采的。他絕不同於鴛鴦蝴蝶派作家的坐井觀天，自我纏綿，楊青矗的取材與落筆，在在反應出悲天憫人的情懷，以及生產大眾的喜怒哀樂。是人道的，也很廣袤，至少，在我們的廣大生產大眾其生息與福祉尚未完全得到應有的重視與保障前，我以為楊青矗應繼續揮洒他工人的筆，非但如此，我以為我們的社會應該繼續培育更多能揮洒工人的筆，為工人喉舌的作家。

於此，不容忽視的是女性生產大眾的問題。

本書中〈昭玉的青春〉與〈龜爬壁與水崩山〉二文是應我邀請而寫的，（分別刊於拓荒者出版社新女性叢書《女與男》及《她們的血汗，她們的眼淚》二書中），身為男性的他，對女性工廠人的困挫，無奈與無助卻是觀察入微，同情不已的，當時我就想到，我們的男性工人需要他，女性又何獨不然？

女工問題是婦女問題當中獨特而又重要的一環，它所涉及的是社會的，經濟的，甚至是政治的決策與架構，相形之下，文學功能或較脆弱消極，然則無容否認，文學是一座橋梁，經由它問題能被呈現，被面對——終於獲得解決。《她們的血汗，她們的眼淚》一書出版動機在於為被忽視，遭唾棄的風塵女郎，工廠女工及農村婦女吐露心聲，楊青矗出版《工廠女兒圈》本書，相信他用心的良苦，立意的誠摯，絕不亞於任何一位婦運工作者。

這篇隨筆信手拈來，是我去年八月底離臺來美後第一次爬格子，雖不能增益本書應有的價值，然而千里鵝毛，容我祝福本書的前途，也祝福為本書所關切的姊妹同胞們的前途。我尤其希望不久的將來有一位，甚至多位女性楊青矗能從我們的工廠女兒圈脫穎而出！

呂秀蓮　寄於一九七八、一、七、下午　哈佛大學

〈二〇一八年新版序〉
那時離我們不遠

——《做工的人》作者　林立青推薦序

一個好的作家必須先誠實地面對自己的良知，接著選擇題材後下筆，作品才有可能反映人性，隨著時間的過去，人性相同的部分受到後代的重新認識，並且產生共鳴，再從其中看到作家所屬的時代。

一九七〇年是什麼時代？有人說是台灣經濟起飛的時代，有人說是十大建設奠定基礎的時代，有人說是台灣走入國際的時代，是加工出口區時代，更有「台灣錢淹腳目」的說法。但作家給出一個異於尋常人的角度，也交出不同於他人觀點的作品，就在所有人歌頌並且讚嘆資本家和政府時，楊青矗選擇低下身來，一筆一字地寫下當時基層勞動者的故事與心聲。

我過去曾在圖書館內看過楊青矗的作品，當時驚嘆於書中工廠勞工的生活處境，居然和我看到的如此接近，於是一篇一篇接著閱讀後，心情便隨著文字中的故事沉重起來。楊青矗筆下的文字流暢直白，卻清楚寫明了至今仍有的問題：工廠不報勞保、管理職務男女失衡、在職場結構上的權力關係、勞工面對管理職時的擔憂、貧富差距下對勞工的輕賤、囿於生計下對廠方的屈從、對於稅務結構以及應對政府時的交際。這些書中的問題在數十年前就已經被提出來，有些已經獲得解決，有些至今依舊無解。

楊青矗在寫作工廠系列時，正是「那個」大量勞動力走向工廠的時代。大量農村的女孩前往工廠，憑藉著女孩們認真而乖順的努力，台灣製造的商品在全世界橫掃市場。書中描述了當時的資本家們賺錢如同「水崩山」，而生產線的女工們只能「龜爬壁」一般攢錢，強烈的凸顯出貧富差距以及機會。作家透過廠內因為受傷而被惡意拒絕賠償，呈現出自己觀看時代的立場，同樣的故事不只一篇，在〈自己的經理〉裡面清楚寫出管理階級惡劣的管理手段，不僅凸顯出階級，更明確指出了當時工廠老闆們對待基層勞工的態度，以及普遍不願意幫勞工投保保險的心態。

這些都是作者詮釋一個時代的方式。

是因為當時親眼所見，並且珍惜人命，義憤仗義的筆讓這些當時重要珍貴的文字紀錄得以存續至今，本書當時在卷末附錄了楊青矗為了深入女工們的生活環境，所表列的一連串訪查表，我在閱讀時感嘆於作者為了挖掘真相所耗費的心力，也更覺得可貴，這些問題簡單卻直接：有無勞保？有無工廠自辦的活動？有無特休假？工廠托育？

這些問題延續至今，依舊爭論不休，五十年前作家為了寫作而田野調查的問券至今讀來，仍舊是當代勞工正在「努力」的目標，也因此這本書的細節與當下社會相互輝映，從首篇〈昭玉的青春〉看上去，那年昭玉在職場上所面臨的男女同工不同酬，升遷以及工作機會的分配，正好也是當代流行文化中，女性白領粉領下班後的閨密話題，篇末公司人事管理者對於「公司治理」的猶豫再三，也符合當代所謂「老闆狗」的背後嘲弄。

也是由於作者深入寫實，文字自然寫出批判社會現象的內容，在〈秋霞的病假〉以及〈自己的經理〉中，寫出多數勞工對於惡劣待遇逆來順受，在管理職面前敢怒而不敢言，期待著自己的處境可以被改善，但只能等待身邊他人據以力爭，才能討回自己應有的權益。漠視法令的也不僅僅是在對待勞工，對待公權力也一樣，〈婉晴的失眠症〉中寫出了中小企業家族治理下，充斥著作假帳，送錢送紅包以及逃稅的過程，也同時藉由中小企業逃稅寫出「不逃稅的商人無法生存」的結構困境，當時的台灣人力充沛，競爭激烈，於是面對查稅的稅務員，會用各種手段送紅包上門，甚至會計小姐只能陪笑以對。

女性的身分在職場時受限的不只是升遷，還有在管理上的惡劣對待，〈工廠的舞會〉中作家下筆寫到工廠為了調劑生活，找來女工一起跳舞，在職等以及工作身分差異下，女工們說「我們出身體娛樂他們」這樣的批判，又在〈陞遷道上〉寫出了希望可以升遷，卻被男性主管「誘姦」的處境。

這些都是寫實主義，在當年那個「文青」普遍不看國片，膩了那些官方老派的政令宣導時，楊青矗用最接近勞工的簡單文字，呈現出當時基層勞工的真實生活，引起勞工和政府的關注，那是一個時代的紀錄。

簡單描述的文字內容可以很不簡單，可以呈現最真實的樣貌。楊青矗的作品中有足以做為當年歷史參考的價值，那些可以引發當時勞工群體感動的文字，滲著強大的人道關懷，工廠內的勞工讀後讚嘆擁戴，使作家不僅是作家，更成為一代意見領袖，直至遭受迫害而入獄。但時代終究會給予誠實者一個公道，出獄後的工人作品紛紛改編上銀幕，只有最觸及人心的議題，才可能跨越文字載體，成為影視作品，持續發揮影響力。

也因為真實地描述一個時代，書裡面不僅僅是觸及資本家的貪婪，不僅僅是寫出男女關係在舊有農村價值觀後依舊呈現不平等，不僅僅是寫出勞工長期忍受惡劣待遇。作者筆下的女性常有上下應對時的複雜痛苦，具體呈現出那時代女性投入勞動市場的無奈，以及選擇不多下的屈從，更也因此將一整個世代的生活感受，痛苦猶豫都全然的保留下來，紀錄的是社會，同時也記錄了真實面對社會的書寫者。

在我有限的人生經驗裡面，也曾聽過耆老尊長對我說過去勞工的處境，故事也同樣是一個一個的勞工離鄉背井後的辛酸猶豫，但未曾有如此細緻完整的書寫呈現，那些管理職的嘴臉以及女工群體勞動間的情誼，更是只能透過影像來提供震撼，而社會結構下的無奈以及猶豫，同時在作者筆下毫無保留的呈現。

同樣身為一個男性，楊青矗對於女性當時所受到的不公平對待，發出了不平而鳴，這就算到今日也少有可見，或許有些當年的歧視偏見逐漸在這個時代被打破，但有些偏見歧視只是換了群體，更加隱晦地壓迫在弱勢者上，從當年工廠內男性對於女性的刻板印象，到現代網路社群媒體對於女性的嘲諷羞辱，時代的變遷下，有些觀念逐漸變化扭轉，有些卻是存續下來，等著有人願意回頭去認真看待，去努力了解以及爬梳這其中的脈絡，這也是寫作者的最大價值，能提供未來研究者最彌足珍貴的史料以及紀錄。

學者的研究有其侷限，如同作者一樣，學者研究專長於數字分析，對於當時人性的感受以及選擇，需要作者透過才華和努力去完成，楊青矗無疑是台灣書寫勞工階級的第一人，而這樣珍貴的紀錄應該要被更多人了解，被珍惜並且被看見。

因為看見過去，我們才能更加珍惜並且理解現代，理解我們當代對於操作員以及管理職的差異從未改變，只是換了國籍和膚色；也因為看見過去，我們能得知從以前到現在，勞工的法令都未曾落實；更因為看見過去，我們看到資訊落差一直是管理者輕易壓迫勞工的工具。因為作家希望未來過得更好，寫下的文字也能用來督促後代。

我推薦這本書，給期望了解台灣勞工的所有讀者，書中的那時離我們並不遠。

目次

舊版葉香獻詩……005
舊版柴松林序……007
舊版呂秀蓮序……023
林立青推薦序……027

昭玉的青春……037
秋霞的病假……061
婉晴的失眠症……075
龜爬壁與水崩山……101
工廠的舞會……135
自己的經理……149
陞遷道上……165
外鄉來的流浪女……201

跋——起飛的時代……235

附錄
「工廠女兒圈」訪問卷……245

昭玉的青春

「惠敏，這都是閒話，妳給我想想看有什麼辦法好使我能升為短僱工，幹了二十二年臨時工了，沒有升我實在不甘心。」

課長遞給黎昭玉人事課送來的呂德煥升正工的公事，叫她收文，並通知在分課工作的呂德煥到人事課辦理一切升正工的手續。

「呂德煥升了？」昭玉驚訝了一下，眼睛張大，兩邊的眉毛往上揚。呂德煥剛進廠八個月就升了！

同事遞給昭玉公事，昭玉不聞不問，任他丟在桌上，心頭有千斤重的鬱積，慢慢化成怒火；右手手指挾原子筆，手腕托腮幫，望著呂德煥升正工的公事，壓抑不住的氣，咻咻吐出。她想著十七歲進廠當臨時工到今年三十九歲，已足足當了二十二年的臨時工，連短僱工也升不上，眼看近來一個一個的升，她卻升不上！

昭玉忽然站了起來，態度過猛，椅子往後退發出刺耳的磨擦聲，她快步跑上女化粧室，關進廁所裏，伏在牆壁啜泣起來。

我是不是發了神經病？哭夠了，昭玉擦乾淚水自問；向來人家升正工都為人高興，這一兩年來總會有些嫉妒，今天更是按捺不住！

打開廁所門出來，水盆上的鏡子照出她淚痕婆娑的臉。轉開水龍頭，雙手捧水洗臉；掏出喇叭褲袋裏的手帕對著鏡子抹乾水漬，眼尾與頭額微微浮起皺紋，兩頰雖然胖得飽滿，但臉皮已不像二十幾歲時那樣鮮嫩光滑。老了！進廠時的十七歲已離現在一代了！而臨時工依然是臨時工！

昭玉沒有回辦公室去工作，她想走走解解悶。爬上二樓，推開接待室的門進入，接待室沒有參觀的客人，幾個女孩子坐在豪華的大型沙發椅閒聊。昭玉將身體甩進軟舒舒的長沙發椅上跟她們聊天。接待室的女孩是公司接待客人的服務小姐，每一個都是從數十名應考人之中挑選出來的，不要說臉蛋可人，儀態、談吐都有閨秀的風範，年齡都在二十出頭，一結婚就辭職或調職換人。本來以短僱工的職稱僱用，近來改以服務員名稱聘用。昭玉已記不清她進廠二十幾年來接待室換了多少小姐了——也就是接待室「養成」了多少新娘了——反正在這個以男性員工為主的工廠，女孩子進來工作，大多是臨時工，結婚前的一段待嫁的過渡時期而已。

「昭玉怎麼懶洋洋的，沒有半點精神呢？」秀珊挪過來手搭在昭玉的腿上。

「看人家升正工吃醋，我們課裏那個剛進來八個多月的呂德煥升了，我這個幹了二十二年臨時工的連升短僱工都沒有機會。」

「是不是中等身材，臉長長的那個？」素卿的瓜子臉顯出羨慕的神情。

「就是他嘛!常穿一件天藍底色黃格子青年裝的那個。」佩玲說。

昭玉看這兩個小妞子對呂德煥很有興趣，他看過素卿跟呂德煥在花園的樹下聊得蠻過癮的，還假裝不認識他。呂德煥升了，她們在廠裏多了一個選擇的對象——沒有升女孩子是沒有興趣的——昭玉心裏酸酸的，呂德煥長得不錯，二十七歲，假如在十五年前，她二十三四歲時，她正好跟他近水樓台，很相配的一對。但現在她多呂德煥十二歲，呂德煥只適合於珮玲或素卿，沒有她黎昭玉的份。她不去理佩玲和素卿，問秀珊道：

「妳已經結婚了，妳們課長允許妳再做下去？難道他們樂意妳有了身孕後，挺著肚子招待客人？」

「我跟他商量，我已繳了十年的勞工保險，現在辭職，什麼都得不到，讓我做到生孩子，拿一點勞保的生產金。目前我還不想生，以後我有了身孕再把我調到別單位工作，孩子生下來後我就辭職。」

「你們課長允許？」

「我寫了切結書給他，他很不錯，答應了我。」

昭玉閉著眼，回想二十二年來，在接待室工作的女孩跟她都有交情，每一個出嫁，她都送過禮，吃她們的喜酒。有三個她還做過她們的女儐相。最初的一個是錦春，錦春多她三歲，二十一歲出嫁，做媒相親的，男的是廠裏的作業工。她給錦春伴嫁，錦春著曳地的白紗禮服在奏樂和鞭炮聲中被媒婆牽出閨房，跟新郎拜完祖先，媒婆叫她向父母辭行。「爸，娘，我走了，您們保重。」錦春說完泣不成聲，她母親掩著臉哭，害得昭玉也跟著哭。第二天歸寧會親，錦春歡頭喜面，拖地的粉紅錦緞禮服，戒指、手鐲、項鍊，全身珠光寶氣，襯托出她新婚的喜悅。這是昭玉第一次看到做新娘的一切，印象深刻，一切都好像是剛經過不久的事。但錦春的女兒已經在讀大學了。二十年一代，後代的已經成人了，她進廠的的確確經過了一代了！她為自己還是小姑獨處——不，老姑獨處——一直未能找到理想對象憂鬱，職位又升不了，真是氣人！她咬著唇，眼頭癢癢的，噙著淚撇開臉，翻身站起來，推開門，步出接待室，掏出手帕擦乾臉。

昭玉習慣把便當帶到業務課跟孫惠敏一起吃，孫惠敏多昭玉兩歲，以老大姐自居。她在業務課打字，慢昭玉三年進廠，考進來就是打字短僱工，做了三年後升正工，先生在報關行做事。

昭玉扒了幾口，吃不下飯，把菜盒裏的菜倒進飯盒裏，拿帶子綁緊放進袋子裏，與惠敏她們談起早上的事。

「傻瓜，別人升別人的，自己吃自己的飯，何必找罪受。」惠敏嚼著飯，嘴裏飯堵著，口齒不清。

「妳不曉得，我越想越氣，越想越傷心，以前總覺得女孩子沒有家庭負擔，當臨時工是應當的，最近就感覺不是這樣了，當了二十二年的臨時工還是臨時工，我辦的公事不比呂德煥少，為什麼他幹八個月就升了正工，我幹二十二年連短僱工也升不上。又因為我是臨時工，在課裏職位最低，一有急的工作，或臨時性的抄抄寫寫都要拉我幫忙，我的工作量不比他們幾個男的少，他們一個月拿四五千、五六千，我只兩千一二。你們正工領一切福利配給，領獎金，我只有瞪眼看你們領。尤其最近男的老臨時工差不多都升了，我們總經理就不為我們女的考慮考慮。」

「說真的，升不升對妳倒不重要，重要的還是趕快找對象結婚，結了婚辭職不幹，在家照顧家庭。妳的歲數實在不少了，再不結婚真的要父母養老姑婆了。」惠敏邊吃邊說。

「就是對象不容易找了，才想升；如果能升短僱工，一個月多拿幾個錢，再泡幾年，運氣好的話，碰上有缺，總有一點升正工的希望。現在我已不敢想能找到適當的對象了。」

「妳還敢做升正工的夢？」靠在沙發椅上休息的吳麗琴說：「七八年前還偶爾配一兩個名額給資深女短僱工升。這五六年來，各單位申請女短僱工升正工的名額，總經理一概不准。他出國，黃協理代理，簽升了洪青蘭，他回來後知道，大發雷霆，又把她刷下來。現在廠裏女的臨時工，除了特殊工作外；我看要升短僱工都相當困難。」

「都是總經理室那幾個女事務員害的。七八年前，她們都剛結婚，一個生了孩子又一個大肚子；今年生了，過一兩年後又大肚子。總經理室每天又有一大堆客人，一個一個挺著肚子總嫌不好看，生了孩子又要請一個多月的生產假。一個上班又一個生產，把總經理氣飽了。有一次向她們說，妳們好像是講好輪流生孩子似的。女人又要負擔家務，有幾次他碰見有人溜回家買菜，做事不專心，所以他再也不升女的了。」惠敏說：「升了正工，薪水高，有保障，非幹到退休不走，公司不能隨便辭人。臨時工一結了婚大多自己辭職做家庭主婦。」

「女人就是這樣倒楣。天地造人怎麼只派女人生孩子，也不叫男人生孩子，夫妻輪流生。」麗玉說著，昭玉大笑，惠敏連嘴裏的飯都忍不住噴了出來：「如果男人也派他生孩子，總經理就不會討厭以前總經理室那些女人輪流生孩子了。」

「下輩子讓他出生為女人，嚐嚐做女人的味道，就不會不升女的了。」昭玉鼓著腮幫咒詛。

「這輩子就吃夠了虧，還等到下輩子呢，如果妳昭玉是男的，現在要娶十八九歲的在室女到處有，還怕找不到對象，最笨花三五萬元用買的也可以買到一個。」惠敏擦拭她噴在桌上的飯粒：「現在有人在研究人造子宮了，等人造子宮研究成功，就可以用它來建造嬰兒製造工廠，生孩子的事由嬰兒製造工廠去製造，女人就不用生孩子了。」

「惠敏，這都是閒話，妳給我想想看有什麼辦法好使我能升為短僱工，幹了二十二年臨時工了，沒有升我實在不甘心。」

「妳不妨拜託妳們課長寫簽呈說妳在廠裏幹了二十二年臨時工了，現在做的工作是正工辦的事務工作，陳情總經理把妳升為短僱工。妳親自拿給總經理批，當面把妳的情況向他解釋，也許有一點希望。」

「我怎麼敢自己拿去給總經理批！」昭玉張大眼睛縮縮頭咋咋舌頭。

「見面三分情，妳就當面求他，妳臨時工幹太久了，升個短僱工也沒有什麼。只是錢多一點，還不是臨時的，可能會准。如果簽呈用轉的，我看還是沒有希望。」麗琴說。

昭玉搖搖頭。惠敏洗好飯盒，坐上沙發椅，拿外套蓋著上身閉目養神。

「我這個辦法值得試試，又不用花錢。」惠敏把外套往上拉蒙住頭。

「算了吧，我看還是找個對象嫁人，在家當少奶奶好，升了要走可惜，反而一輩子做工。」麗琴手摀嘴打呵欠，仰頭靠在椅背上，閉目睡覺了。

昭玉闔上眼，無法午睡，心想怎敢自己拿簽呈直接去要求總經理呢？歲數大了，理想的對象難找，早就死了這條心，抱一輩子過獨身生活的念頭了。剛進廠時十七歲，無牽無掛，早上上班，嘴裏哼著流行歌，手拿掃把打掃辦公廳，桌子擦拭完後，把茶葉放進茶壺裏，一手提一個茶壺到茶房去注滿滾熱冒汽的開水，給每一個座位倒一杯茶，然後手攬卷宗，穿梭於樓上樓下，或騎腳踏車，或乘廠區交通車，跑各工場的辦公室送公事。那時臉上正在長青春痘，留兩隻小辮子，瘦瘦高高的，帶一點童稚之氣蹦蹦跳跳，送公事常會碰到逗人的男同事，「昭玉越來越漂亮。」「昭玉有沒有男朋友啦？」「昭玉我們晚上去看電影好嗎？」「她約我晚上去散步了，怎麼會跟你去看電影？」臉皮真厚，不管他們是開玩笑或吃豆腐，自己臉熱心跳，遞上公事簽完字，趕快溜走，但心裏總有高興的感覺。而現在碰到的，三句離不了「昭玉什麼時候請吃喜酒啊？」「不要把眼睛長在頭頂上吧。」這些話不管怎樣總覺得是挖苦人。更氣人的是背後常會聽到：「她，沒有什麼學歷，又是臨時工，理想那麼高，東挑西挑的，挑到現在四十快到了，我看她哪能嫁出去？不然就嫁人做後母，或給有錢人做姨太太。」好像沒有什麼學歷，又是臨時工，不是人，沒有權利不嫁人似的！

上班鈴響打斷了她的思路，惠敏與麗琴還在睡，昭玉把她們兩人搖醒，回到自己的辦公室上班。同事還沒有人來，課長下午來得特別早，已坐在他的座椅上了。昭玉覺得正是機會，走近課長桌邊，向他說：

「課長，我來廠裏做臨時工已經二十二年了，除了那些四十五歲以上的老臨時工不能升的以外，女人當臨時工大概是我最久的。可能我運氣差吧，我來我們課裏，已換了四任課長了，都沒有機會升，我想請課長幫忙，寫一張簽呈申請一個短僱工的缺，把我升為短僱工。」

「這是相當困難的。」課長毫不思索地說：「總經理不升女的，大家都曉得，簽呈寫上去被駁下來，不如不寫，有機會再慢慢想辦決吧。」

「我幹了這麼久的臨時工升個短僱工會不准？又不是升正工！」

「妳是知道總經理的脾氣的，一定准不了。」

「總經理正工不升女的，但女的短僱工也有人在升，哪有我幹這麼久臨時工的？」

「有機會我一定給妳想想辦法，再忍耐一陣子吧。」

昭玉對課長的推托絕望透了，整個下午未跟同事說過一句話。下班乘車回到家，餘怒猶存。

昭玉兩個哥哥都遷去住他們工作工廠的宿舍，兩個妹妹早已出嫁，老家只有她和父母住在一起。父母對她的婚事，早費盡心機，而不再去理她，任她自由了。晚飯後，昭玉情緒不好，沒陪父母看電視連續劇，獨自坐在臥房的書桌邊發呆。婚事與工作的升遷使她陷入紛亂的沉思中。她回憶那些跟她同時進廠的三等職員，大多升為主管、課長、有的升到主任級了。而那些做了一二十年原來不給升的男臨時工，因為有人寫文章批評，說以臨時工低廉的工資長期僱用工人，剝削工人，廠方採納了建議，能升的都儘量升了，除了送公事的女孩子外。恨來恨去，還是恨自己生為女兒身，正工升不了，婚姻方面……她嘆一口氣，假如自己是男人，要找二十五六歲的女孩結婚，簡單得很。每次想起婚事，她就懷念起王登仁來，覺得當時放棄王登仁是一大錯誤——

王登仁十九歲進廠在產務課當公役，個子粗粗壯壯的，人不很靈活，一臉忠厚可親的長相。每天提茶水送公事總要碰幾次頭，碰了頭，隨時隨地站著談，一談就忘了時間。廠裏辦的郊遊、爬山兩人經常相約參加。去鵝鑾鼻那次，人分散了，她與登仁踩著朽葉並肩深入林中，酷熱的暑夏，濃蔭下涼氣森森，鳥聲在林中叫，兩人忘我的手牽起了手。昭玉家裏種田，星期假日登仁經常跑來下田幫忙鋤草、收割。倆老誇讚他做人老實。登仁當兩年兵，兩人偶爾通通信。他退伍後找不到工作，依然進產務課當公役。公役是臨時工，要升為辦事務的正工相當困難。她為登仁著急，登仁只有初中畢業，廠內招考工場的作業工要高中畢業才有資格報考，她勸他去讀夜間高中，畢業後可以考廠裏的作業工，他去考了，但讀了兩個月向她說：

「我對讀書沒有興趣，我不想讀了。」

「不讀你就不要來找我了。」昭玉覺得他真像一條笨牛，沒有一點能耐。

昭玉還記得他被她趕走時失意的形象——在廠裏池塘邊的柳樹下，一句話也不說，低著頭離開她。

過沒幾天，登仁的父母托媒人來昭玉家求親。昭玉看不少臨時工家庭生活的困苦，沒有答應他。跟他做朋友總覺得他蠻不錯的，要談婚嫁，實在嫌他是個臨時工，又缺乏進取心。

他為了前途，要求他主管幫忙，把他調到工場去當操作臨時工。不久由媒人撮合，他結了婚。昭玉知道他結婚心裏倒很難受，還咒詛他的新娘沒有眼睛，嫁給他這個不求上進的臨時工，這輩子的苦夠她受的了。但事情卻不如此，他在工場學習得很認真，又加上忠厚不與人計較的本性，工作勤勞。工場經常增建，年年增人，不久他就升為短僱工，很快又升為正工，現在他在工場是一個經驗豐富的高薪領班，家庭很美滿，聽說有三個孩子，大的已是初三了，去年購買一棟三層樓房。

昭玉追憶十六年前拋棄登仁，嫌他是臨時工的微妙心理，主要還是那時大學剛畢業的新進工程師胡本藝拚命的追她，胡本藝帶著近視眼鏡，人嫌瘦了一點，一派書生的斯文氣質倒很吸引人。也許是他一個人離家來廠就職，住在單身宿舍無聊，常約她下班後出去玩，她迷於他是個大學生，一個工程師，談吐文雅又風趣，胡本藝進廠未半年兩人便陷入熱戀中，談及婚嫁時，胡本藝說還早還早，拖了兩年多。有一個星期日她到他的單身宿舍裏去，他不在，她坐在椅子上等，看他抽屜沒鎖，打開來看，抽屜裏的雜物亂得很，她閒著一項一項疊整齊，翻到抽屜底，發現有一疊信，用橡皮筋束著，她翻著每一張信封看，都是同樣整齊秀氣的筆跡。女孩子的信！她突然神經繃緊，心跳著一封一封抽出來讀，文筆流暢，感情真摯，信中處處流露出親熱肉麻的句子，從信中她知道女孩子在他家鄉的小學教書，由信尾的日期推算，他們認識有半年多了。昭玉把信一封一封撕碎，用手一掃，地上、床鋪、椅子滿屋子的紙屑，她伏在桌上哭。胡本藝什麼時候進來，她也不曉得，一擡頭見他楞著看滿屋子撕碎的信紙。

「你一直拖著不結婚，原來你另外有女人。」昭玉站起來拿椅子往床上摔。

「妳像賊一樣，偷看人家的信，又把它撕碎，一點教養也沒有。」他很心痛的樣子。

「我不用偷看，我正正當當的看，你才像賊，偷偷摸摸的另外交女朋友。」

「妳有什麼權利管我，我有選擇對象的權利，妳不配，提茶水的公役，只是一個臨時工，也不想想妳讀過些什麼書？」他彎身撿地上撕碎的信紙。

「我是臨時工，養不起丈夫；她是老師，鐵飯碗，養得起丈夫？沒有志氣的臭男人。」昭玉翻起衣角來抹抹臉，走出他的單身房。

昭玉眼睜睜地看他跟那位老師結了婚，搬進宿舍住，她調來附近的學校教，夫妻兩人都上班，他的老師太太長得粗技大葉，臉孔也很粗氣，昭玉真不服自己娟秀的長相竟會爭輸她。她相信，將來她嫁的對象一定要比胡本藝強。

受了胡本藝的刺激，昭玉考入夜間補校讀初中——她這年代出生的人，讀小學時正好在躲空襲，光復後能繼續讀到小學畢業的已經不錯了，尤其是女孩子——那年她已經二十五歲了，那時的女孩子早婚，二十三四歲未出嫁就是老處女了，被胡本藝耽誤了兩年多，辭去所有媒人的介紹；二十五歲了，父母著急，東央媒人，西托親戚介紹。高不成，低不就，夜間初中畢業已經二十八歲了，那時同齡未娶的男人很少，歲月越蹉跎，對象越難找，她早就抱定不嫁人了。對胡本藝多多少少還有一點恨，恨的年月一久，就像夢一樣抓不著邊。胡本藝已升為工場主任了，是廠內的高級主管，開著他的主任轎車上下班；人發胖了，派頭十足的。與他雖然曾經無數次的擁抱，繾綣纏綿，但好像什麼也沒有經過，什麼也不存在。王登仁倒會使她懷念；耿直方拙血色紅潤的臉，說話一句一句慢慢的談吐，淡淡的感情，說親密不過也止於那罕有的幾次不期然的手牽手。

昭玉已上床一個多鐘頭了，市郊的鄉村夜闌人靜，她還無法入睡，瞪著眼數了數：她一共送了十二年的公事，辦了十年的事務。二十二年前進廠時，賺臨時工的最低工資每天六元七角。如今臨時工的最低工資每天六十八元。她現在的薪水每天七十二元，一個月兩千一百六十元。她記不清二十多年來調整了幾次薪水。起初每過一個年日薪升五角，再來一元二元，再來三元四元。每次過年都高興日薪多了一點，每次調整薪水就高興多拿了幾個錢；可是以臨時工的最低薪資來算，二十二年前的六塊七，等於現在的六十八塊；她年年升，加上好幾次的調整，現在日薪七十二元，七十二減六十八，二十二年多了四元！昭玉越想越氣，氣得握拳擊心——二十二年來的物價波動，貨幣貶值，人也跟著波動，跟著貶值；十七八歲清秀高佻的含苞身材，經過二十三四的鮮豔成熟，到現在臃腫發胖，已臨凋謝的徐娘了；六塊七等於六十八塊，但她的三十九已不等於十七八了！

既已抱定過獨身生活，就必須爭取提升，她決定想辦法儘量去爭取，本來都想女孩子幹一段時間就嫁人，管他升不升，不送禮、不鑽營。哪知一做竟這麼久，而且非再做下去不行。再不爭取，公司規定一過四十五歲，就不能升了，四十五歲一轉眼就會逼在眼前。

昭玉告訴惠敏她課長推諉不寫簽呈，要惠敏想想辦法。

「你們洪課長沒有膽量，他怕寫上去挨總經理刮鬍子。」惠敏說：「用妳的名義自己寫，親自拿給總經理批。」

「課長這一關我看他是不簽字的，他不簽怎麼轉上去。」

「不要給他簽，等他不在，黃益群代理時，拿給黃益群簽。其他主任、廠長我看是沒有問題，准不准在總經理的手。把妳現在的工作情形告訴他，幹了二十二年了，升一個短僱工，也不是正工，我相信是會准妳的。」

惠敏為昭玉找了一位文筆好的同事寫了一份陳情書交給她，昭玉讀了一下，說她因要扶養雙親，年近中年未婚，將來年老無依無靠；進廠做二十二年的臨時工一向奉公守法，十幾年來做的是正工的事務工作，生活困苦……昭玉簡直不忍卒讀。

「唉唷！說得可憐兮兮的，又好像跑著乞求似的，我不敢拿出去！」昭玉覺得她未婚並不是為了扶養父母。她父母還能種田，兩個哥哥也每月寄錢回來給他們。

「不這樣寫，總經理那個鐵石心腸會同情妳？傻瓜！為了要升，委屈一下有什麼關係。」

惠敏大聲罵她：「妳就是這樣子，幹了二十二年了升不了；三十九歲了還嫁不出去！」

昭玉把氣往肚子裏吞，拿回陳情書把它冰在抽屜底，考慮看著是否拿出去。好幾次課長不在，她想拿給黃益群代簽都沒有拿出來。經過十幾天，課長公出，她橫著心，硬著頭皮把陳情書拿出來推到坐在她側面的黃益群面前。

「我曾經請課長以課的名義寫簽呈給我報升短僱工，他不敢寫，所以我自己寫，你給我簽一下，我直接拿去見總經理。」

「妳臨時工實在也幹太久了，就簽上去試試看吧。」黃益群看完，在課長那一行簽下：「該工在本課任臨時工已二十二年，十年來均做正工的事務工作，因無缺可升，尚任臨時工，該工對工作頗能勝任，似宜升為短僱工。益群代。」

昭玉拿著陳情書，進主任室，主任看完後簽了名說：「昭玉三十九歲了，我還記得妳是十七八一朵花呢。真快，妳進廠二十二年了，怎麼還不出嫁呢？」

昭玉道了謝，報以苦笑。主任是二十年前與她同辦公室的小職員，很喜歡作弄她，昭玉很討厭他一開起玩笑來，抓辮子，打屁股，腳來手也來。那時直呼他的名：洪格學，他調到業務課不久就升為課長，做課長後變得嚴肅起來，他升主任也十年了，終日坐鎮他的主任室，很少出來，一年碰不上一次面。照面時，恭恭敬敬問他一聲「洪主任好」，就各走各的。二十年前他三十出頭，看起來像二十六七歲，現在他的髮腳已銀霜斑駁了。

廠長簽完，最後一關是總經理了，昭玉走在往總經理室的走廊上，心頭蹦蹦跳，呼吸急促，手腳微微發抖；她停下腳，深吸一口氣，轉身眺望廠內的庭園，樹林錯落蒼翠，陽光晴炎，刺得人眼睛發花；近處的花園紅白爭豔，遠處各工場煙囪聳天；白煙黑煙飛上白雲藍天。昭玉猶豫著，腦子裏浮出總經理室的形象：打開總經理事務室的門，走進去九十度右轉，兩旁是事務人員的辦公桌；從事務室推開門，中間有一條小通道，兩邊各兩個房間，是兩個協理與兩個秘書的辦公室；推開小通道的門是總經理會客室，走過總經理會客室再推開門，是兩個為總經理整理公事的小姐的辦公室，最後一道門才是總經理大辦公室的門！昭玉算了一下，一共要推開五道門才能見到總經理。一般送公事的，都送到總經理事務室為止，事務室收了文轉給整理的小姐，按事情的快慢輕重彙整好，放在總經理辦公桌上給總經理批閱。一般人要見總經理，進入事務室就有人攔住問明來由，無關緊要的就不給進去。昭玉考慮著她要如何去闖過這五道門，最後一道怎麼推開呢？還是不拿給他簽，把它撕掉算了！死了這條心，不要想升吧？但已費了好多苦心，且已過了三關，撕掉可惜，今天這最後一關，是前途與命運的最大關鍵！還是闖吧。她在腦子裏溫習兩遍要向總經理說的話，壯了壯膽子，跨步往總經理室，倉倉促促推開第一道門；總經理事務室的辦公人員，都是老熟人，問她有什麼事，昭玉向大家打了招呼，說她有事進去一下；逕自推開協理與秘書辦公房間的通道門；再推開通道這邊的門是總經理會客室了，好在沒有客人，偌大的會客室高級桌椅排得整整齊齊；她走過去再推開門，兩邊的兩個伏案寫字的小姐同時檯頭張眼小聲問她：

「昭玉有什麼事？」那聲音就像怕驚醒酣睡中的嬰兒似的。

昭玉指著手上的卷宗說：「我有一張陳情書要親自拿給總經理批，請帶我進去見他。」昭玉心慌，聲帶發顫，聲音大了一點，兩個小姐手指按按自己緊抿了一下的嘴唇，暗示昭玉小聲一點。

兩個小姐打開昭玉的卷宗瀏覽一下，小聲商量了幾句，因大家都是老熟人，沈藝音拍拍昭玉的肩胛，指指總經理辦公室的門叫她自己進去。

昭玉吞了吞口水，再吸一口氣，輕輕拍門小聲喊：「報告。」

第一聲沒有動靜，昭玉忐忑著，又輕輕拍門小聲喊：「報告總經理。」

「進來！」總經理老虎聲帶的低沉腔調。

昭玉推開門，與總經理打了一個照面，總經理日理萬機的精明臉上，顯得很勞累，見了面不像她想像中的那麼可畏。她顫抖的手打開卷宗，恭恭敬敬呈放在總經理面前的桌上：「一張陳情書請總經理批一下，打擾總經理，真對不起。」

總經理翹著二郎腿，向前挪了一下椅子，眼睛一揚看了看昭玉，低頭掃視陳情書。昭玉結結巴巴說她預備好的話，說沒幾句竟忘得乾乾淨淨，口吃著想不出話來。

「妳不要說了。」總經理手一揚：「放在這裏，妳出去，我會處理。」

昭玉道了謝，打開門時回頭看了一下，總經理拿筆在她的陳情書上簽字。她臉熱心跳，向兩位小姐說聲謝謝，匆匆推過四道門，跨上走廊見了陽光，喘喘氣，整個人鬆弛了，走廊的熱風炙人，她覺得身上黏黏的，這才發覺她在總經理室的冷氣房裏竟出了一身濕濕的汗。

管他准不准，總算把該做的做完了！她自言自語，快步走回她的辦公室。

惠敏每天中午吃飯都要問問昭玉有沒有消息。昭玉自己也不知道下落如何？經過半個多月，昭玉等不了，在下班時間攔住為總經理整理公事的沈藝音打聽。

「妳送上的第二天公事就轉給人事課了。」沈藝音說。

昭玉上人事課找白課長，白課長打開抽屜，拿出昭玉的陳情書。昭玉看上面總經理用紅筆批的是：「人事課據情簽報。」

「白課長，總經理既然批據情簽報，您就按照實情簽上去，准不准在於總經理；當然了，假如您肯幫忙的話，請多簽幾句好話。」

「妳做的雖然是辦事務的工作，但妳佔的缺是臨時工的缺，假如妳升了，廠裏有好多做臨時工的女孩子，都是初中高中畢業的，如果她們看妳這樣找上了我，那我如何應付她們。」白課長說。

「除了工場的黃金菊做了二十八年的臨時工之外，她已超過年齡不能升了，廠裏可能再找不到做臨時工像我這麼久的了。」

「男的超過年齡不能升的，做了近三十年的還是有幾個。」

「你白課長大學畢業，進廠六年就升課長了；我幹了二十二年的臨時工，且已做了十幾年正工做的工作，要求升個短僱工總不會太過份吧？」昭玉很不滿白課長把她好不容易親自拿給總經理簽的公事壓在他抽屜裏。

「我再研究看看吧。」

昭玉覺得權在他手上，還是好言拜託白課長幫忙把她的實情簽上給總經理批。

離開人事課，她跑去業務課拉惠敏出來據情相告。

「最後的生死大權已轉握在白課長手裏了。我看妳還是買些東西，包幾千元，跑他家一趟。」惠敏湊上臉小聲告訴她。

「哼！他進廠五六年就升課長，據說他是經常跑主任家才升的這麼快；過年過節送禮，給主任的小孩補習功課。他要用這一套來對付我，我才不理他。要這樣做的話，十年前我就升了，還熬到現在。」

「妳不要再這樣死板了，花一點錢，委屈一下，總是值得。」

昭玉低著頭思索著離開了惠敏。她考慮了好幾天，結論是不去送禮，一切聽天由命。每天中午吃飯，惠敏還是催她一定要跑白課長的家一趟。

日子一天拖過一天，昭玉打電話問白課長簽上去了沒有，他說他還要再研究。昭玉猜他是要把她的陳情書壓下來了事，對這件事她已死心了。

經過一個多月，一個近下班的時間，惠敏偶然來找昭玉，同時有呂賜田和張安邦兩位職員也在昭玉她們的辦公室閒聊，惠敏說起了昭玉的陳情書被白課長壓著不簽的事：

「他要吃，我叫昭玉買一點東西，包一包去裝進他的口袋裏，她不要，活該！」

「簽一個字五千，簽二個字打八折八千，簽三個字一萬。」呂錫田手指頭五千、八千、一萬比劃著：「昭玉，我給妳講啦！紅包包去他就簽啦！絕對包妳升啦！」

「我有那麼多錢可包，我要在家做大小姐啦！我不出來做工啦！」昭玉學呂錫田把「啦」拖得長長的。

「老呂不要亂開玩笑，白課長是我同鄉，又是我以前的老鄰居，我很瞭解他，他這個人絕對不會這樣子。」張安邦語氣很肯定。

「我給你講，昭玉不包絕對升不了，老張你敢跟我打賭？」呂錫田帶著開玩笑的語氣大聲喊。

「我就跟你打賭！」張安邦抓起桌子的電話撥了號碼：「喂！人事課，請白課長聽電話。」

「白課長，我是張安邦。我聽說昭玉寫了一張要升短僱工的陳情書親自拿給總經理批，總經理授權給你據情簽意見，你一直把它壓著。現在謠言傳得很難聽，說你白課長簽一個字要五千，簽兩個字打八折八千，簽三個字一萬。老白，我們是好鄰居，我相信你絕對不是這種人。不過我想拜託你，昭玉幹了二十二年的臨時工了，太可憐了，做的工作又是正工的工作；且不要說她做的是什麼工作了，就算她現在也是倒茶水送公事好了，幹了二十二年也應該給人家升了，再讓她幹臨時工，憑良心講實在太沒有意思！」

昭玉和惠敏湊上電話旁，聽白課長向張安邦解釋，那些話與他向昭玉說的差不多。張安邦哼哼是是回答著：「一切都拜託你白兄了，給她簽幾句好話幫幫忙吧。……謝謝，謝謝。」

張安邦放下電話向昭玉說：「他答應馬上給妳簽，明天就轉上去給總經理批。」

昭玉咋咋舌頭向張安邦道謝，惠敏鼓掌喊好。

「老呂，你輸了吧？」張安邦說。

「他還沒簽呢，怎麼能決定是我輸了？」呂錫田說：「我也希望我輸，昭玉能升；我輸了就叫昭玉請客吧。」

下班鈴響了，昭玉說沒有問題，大家下班走了。

隔天早晨剛上班，白課長就來找昭玉到走廊上說話。

「昨天張安邦打電話告訴我的那些謠言實在很難聽，不但使我回去後吃不下飯，昨晚翻了一整夜睡不著覺！」他手上拿著昭玉的陳情書翻開指給她看：「我給妳簽了，我不馬上把它簽好呈上去會使我更難過。」

「謝謝白課長，謝謝！」昭玉看他簽的是：黎昭玉在本公司任臨時工職二十二年屬實，原做送公事的工作，十年來改派做正工做的事務工作，宜應升為短僱工；「謠言不能聽，請白課長不要把它放在心頭上。」

「我這個人一向能幫忙人我就幫忙人，從來不刁難人家。有一項要請妳瞭解的就是，我們廠裏類似妳的臨時工不少，只是她們沒有妳這麼久而已。這幾年總經理對女的都不升，所以我必須研究一個妥善的辦法再簽上去；我一個人應付眾人，不只應付妳一個，這一點妳更應該瞭解。」

「不要把張安邦告訴您的那些話當做一回事，也許是人家開玩笑說的。」昭玉送白課長回人事課，向他行了一個鞠躬禮道謝，而心裏真正感謝的是以激將法開玩笑的呂錫田。

人事課第三天通知昭玉去辦升短僱工的手續，總經理在她的陳情書上批了一個「可」字。

昭玉對她那張受盡波折的陳情書能夠實現，真有點不敢相信，內心深處湧出銘感的情愫。她思索著應該感謝誰：感謝廠長？感謝總經理？感謝白課長？感謝張安邦？感謝孫惠敏？感謝呂錫田？她想了想，該感謝的不是這些人，而是自己的青春！自己付出了二十二年的青春換來的代價！她眼眶濕濕的，分不清是心酸或是喜悅。

（一九七六年四月脫稿，發表於聯合報副刊）

秋霞的病假

「一點點小病，開住院單給她住院請假，已經夠好了，現在工作急，她請假耽誤了工作，還要什麼工資。」

浴室裡匡啷！一聲鋁洗衣盆碰擊磁浴槽的震響，蕭毅夫放下報紙衝過去拍門。

「誰在廁所？誰在廁所？怎麼撞得匡啷響？」

裡面沒有反應，毅夫轉身問在客廳擦地板的太太：

「誰在浴室？」

「兩個孩子都在做功課，是他阿姑在裡面。」

「秋霞，秋霞！」他猛敲門：「秋霞，秋霞！」

裡面沒動靜。

「秋霞，秋霞！」仍然無聲無息：「叫妳怎麼連哼也不哼一聲。」

「秋霞，秋霞，妳死了是不是！」他火大了，抬腳踢門。

太太手拿抹布，跑過來幫他拍門：「阿姑，阿姑。」

「阿姑怎麼了？」兩個孩子慌張地跑過來問。

「她在洗澡？或是大便？」毅夫發覺似乎有點不對勁。

「可能是在大便，沒看她拿換洗的衣服進去。」

毅夫上廚房拿來鐵錘和起子，起子穿進門縫撬裡面的門扣，鐵錘打擊起子的柄，裡面鐵絲小門扣被撬開了，推門進去，秋霞頭栽在放在浴槽內的洗衣盆，腳在浴槽外，肚子靠在槽岸上，人彎成一條蝦。洗衣盆裡有些許的水，頭髮濡濕。

「頭上流血。」毅夫把妹妹抱起來，頭髮下的水漬是紅的。

「秋霞，秋霞，妳怎麼了？」夫妻搶著搖她。

秋霞還是暈著，四肢軟軟垂垂，毅夫翻她紅濕的頭髮找流血的地方，髮叢中赫然有一個嘴巴大的裂口在滲著鮮血。

「秋霞！秋霞！」

秋霞張開眼，舒了一口氣：「我沒有怎樣呀！」

毅夫壓住妹妹頭上的傷口，叫太太出去喊來了一部計程車，把妹妹送到醫院去。急診室的醫生和護士忙著為她打止血和破傷風的預防針。

縫好傷口，醫生問：

「怎麼暈倒的？」

「我上廁所，站起來時，頭暈眼黑，怎麼暈倒的我就不曉得了。」秋霞蒼白的臉思索著。

醫生掛上聽筒在她胸口診察：

「貧血。」

「她在加工出口區的一家電子公司工作，晚上經常加班到七八點才下班，吃飯不定時，胃口不好，幾年來經常鬧胃病……有病也不請假休息，加上工作緊張，操勞過度，會不會這樣引起貧血的？」蕭毅夫問。

「很可能。」

「她生病很不喜歡看醫生，這次貧血暈倒，頭又撞破了一個洞，我想讓她住幾天院，連胃病一起徹底檢查治療。」蕭毅夫說，暗忖妹妹從家鄉來，離開父母投靠他，如果不把罹患的職業病治好，實在愧對在老家種田的父母。

「可以。」醫生取下診察器，在病歷上寫病情。

「我不要，住院我怎麼去上班。」秋霞說。

「不會請病假啊？妳貧血那麼嚴重了，命不要是不？」

「我一住院這個月的全勤獎金就沒有了，公司最近工作也很急。」

「妳的病已不是一天兩天，這一次一定要住院徹底治療，明天我去給妳辦勞保手續，請病假。」

秋霞不敢反抗，低頭考慮。

隔天蕭毅夫上秋霞工作的電子公司，向辦勞保的小姐要勞保住院單。他看填單子的小姐在「住院期間是否發工資」欄填上「不發」。

「小姐，妳這樣填不對吧？」蕭毅夫指著「不發」兩字說：「我在我工作的工廠幹過工會理事，對勞工法令稍微懂一點；我們的工廠是公營工廠，一年內病假不超過十四天，工資照發的。超過十四天到一個月內發半薪。」

「我們工廠一請假就不發工資，不管是病假事假。」小姐好像是個永遠心有憂鬱，經年累月的鬱積，不清朗的臉上有一股傲氣。看也不看他一眼，照填她的。

「我曉得勞工法令規定的辦法也是如此，你們應該按照法令辦理。」

「什麼法令不法令，沒有上班不發工資，這是理所當然的，這種道理一般人都懂的。」她眼尾瞟白，蔑視了他一下。

「照妳這麼講是我不懂了？是我沒有道理？」他眼睛張大，兇狠的瞪著她問。

她冷傲的臉不屑於理他，仍然寫自已的。寫完，蓋了章，把單子摔給他。

「小姐！妳情願一點好不好？沒有道理的才是妳，妳連這種最基本的法令都不懂，還辦什麼勞保業務？妳這兩個字給我改掉——工資照發。我跟你們按照法令來。」蕭毅夫把單子推還給她。

「一點點小病，開住院單給她住院請假，已經夠好了，現在工作急，她請假耽誤了工作，還要什麼工資。」

「什麼小病？人貧血暈倒連頭也撞破了，還說小病？妳不要以為妳坐在辦公室辦事務是職員，就覺得了不起，看不起生產線的女工。告訴妳，你們這些辦事務的，和你們老闆都是生產線的女工生產養活你們的；並不是你們養活女工。妳以這種態度對待人，我今天一定要爭取到我妹妹請假半個月內，貴公司要照發工資。」蕭毅夫停下來喘了喘氣。

「社會局管這個事，我們找社會局的人評評理。」蕭毅夫抓起桌上的電話撥一〇四，問市政府社會局的號碼。

他撥了電話到社會局，把經過情形向接電話的課員說了一遍，請示他怎麼處理。

「這是你們跟他工廠的事，我們管不了。」對方在電話中的口氣，似乎懶於管這個閒事，也不把這當一回事。

「你們社會局吃的是什麼飯？這事你們不管誰來管？你們不能為勞工依照政府規定的辦法主持公道，伸張正義，要你們幹什麼？你再說一句管不了我就把你告到立法院去！」蕭毅夫火上加火，忍耐不住，衝著電話筒喝嚷。

「你如果有理，我們絕對支持你，剛才電話聲音太小，我沒聽清楚，請你再把經過情形說一次。」對方的口氣謹慎起來了。

蕭毅夫又敘述了一遍，對方是、是、是的應對著。

「依照勞工法令是要照發的，這事我們可以支持你，請你向他們公司解釋清楚，叫他們照發。如果他們不照發，你可以找加工出口區的管理處。」對方說。

「那這樣好了，我麻煩您一下，我請他們辦理的小姐聽電話，您就把有關法令和利害關係告訴她；我說不如您說，請您主持一下公道，先謝謝您。」

蕭毅夫將電話筒遞給小姐，她無可奈何的接下來聽，聽完掛上電話冷冷的說：

「這個事我不能當家，你過幾天再來，我向上面請示，看他們怎麼決定，我再告訴你。」

她聲調低得像洩了氣的皮球：「我也是員工之一，請病假沒有超過限期，薪水能照發，對我來講也是好事。」

蕭毅夫走出辦公室，兩旁桌邊坐著的男男女女的事務員，都轉頭來驚異地瞟瞟他，他推開門，感覺這些眼光一道一道盯在背後送他出門。

下午下班後，蕭毅夫沒回家，趕到醫院去照顧秋霞，病床邊沿圍了二三十個穿深藍色工作服的女孩子。

「我哥哥。」秋霞躺在病床滴大瓶針，她介紹著：「她們都是我的同事。」

「謝謝妳們來看秋霞，對不起，沒有椅子坐，讓妳們站著。」蕭毅夫向她們點頭。

「蕭先生，聽說您早上到我們公司去，要公司按著法令照發秋霞病假的工資？」一位口齒清晰，容貌潔美的女孩問。

「是啊。」

「我們公司以往病假都不發工資，希望你為秋霞爭取來開一個例，我們都不敢爭取。」

「等秋霞病好上班後我再去，我一定要他們依法照發。他們如果不發，是違法的。」

「我們都支持你，假如公司因為你替秋霞爭取發病假的工資，要開除秋霞，我們這幾個人也跟著辭職不幹。」

「好，那我先謝謝妳們了。」蕭毅夫笑笑：「他們如不照發，在法令上是站不住腳的。」

秋霞出院上班後，毅夫上她們公司去問上次那位面冷如霜的小姐，她帶他去找課長。課長姓何，臺灣人，五十多歲，額頭光禿發亮，面容清朗，態度很親切，有幾分受日本教育殘留的日本型的味道。他頻頻點頭，哼哼地聽取毅夫要求照發秋霞病假薪資的理由。

「事情是這樣，我們公司病假從來沒有發過工資，我們不能為你妹妹破例。」何課長停止他頻頻點的頭。

「那你們的廠規對員工請病假是怎麼規定的？規定的如果合法，就照貴廠的廠規辦好了。」

「我們廠規規定凡請假就不發工資。」

「那請你讓我看看貴廠廠規。」

「不必看，廠規也只是形式而已，很多事沒有辦法按廠規執行。」

「怎麼能算是形式？咱們就照貴廠的廠規商量著辦理，請你把貴廠的廠規拿出來看看。」

何課長無法推諉，拉開抽屜翻著找，邊屜找過了找中屜，上屜找完找下屜，終於在最下面的抽屜翻出一本小冊子來。蕭毅夫接過手，一頁一頁翻著看，當他翻到有關請假規定的那頁，他仔細看完後指給何課長看：

「你看，你們的廠規也規定一年之間的病假十四天內薪水照發，超過十四天到一個月內發一半，你們怎能違背你們自己的廠規。」

何課長楞住了，接過來看，讀來讀去，似乎不曉得為什麼會冒出這條廠規似的。可能是日子太久忘掉了，不然就是一向不把廠規當一回事，如他所說的，只是形式而已。

「這只是當初工廠創設時，訂下的一個原則而已，實際上公司不賺錢，沒有辦法這樣做。」

蕭毅夫覺得這個人雖然隨和親切，處理事情卻是厲害奸滑。

「你們當初擬廠規的人，是依照管理處規定的辦法訂的，這樣訂是應該的。我們就照貴廠的廠規辦，無論如何，蕭秋霞請病假一個星期，你們要照發工資。」

「我們公司以前沒有發過，你妹妹一破例，以前跟以後的，我們實在無法處理。我們工廠小也負擔不起這些請病假的工資。」

「我看過去的已經過去，以後的你們要按照法令來——也就是按照貴廠的廠規辦。」

「一般工廠也都是這樣子，並不只我們一家這樣。」何課長轉身正坐，處理他桌上的公事。

「何課長，哪一家工廠怎麼做我不管，別的工廠違法你們也跟著違法，那是你們的事。」

蕭毅夫站起來指著他：「我問你，你們發不發？」

「這樣好了，工作獎金多給她一些補貼好了。」

「何課長，我請你把事情弄清楚，今天我妹妹生病請病假照發薪水是應該的，並不是我求你們，你們不發就是違法，剝削勞工，多給獎金我不要！我是跟你爭原則，不是跟你爭金錢。」

「那我沒有辦法。」何課長拿起桌上的公事，又兀自處理自己的事。

「那我們到管理處去講，發不發由管理處決定好了。我給你講，管理處如果包庇你們，我連貴公司跟管理處一起告！」蕭毅夫憤憤地推開門，他預備如果管理處包庇，他要行文上內政部勞工司及立法院控訴，必要時到法院去控告。

他推開管理處的大門進入，四周都是辦事務的職員，他請問了幾個人，結果問出這事是勞工課管的，他找上勞工課說明來由，接待他的職員親切地讓座，這位職員看起來做事一是一，二是二，是個具有正義感的人。

「先生貴姓？」蕭毅夫問。

「敝姓吳。」

吳先生掛電話給何課長，五分鐘後何課長來了，掏出香煙來敬吳先生與蕭毅夫，兩人都婉謝了。

「你們發生這種糾紛，照規定是應該照發工資的。」吳先生拿出管理辦法翻給何課長看：「這些辦法在你們要設廠時都簽字同意的。」

「我們公司是個小公司，老闆是日本人，來這裡開這個小工廠也沒賺到錢，所以不能跟大公司比。」何課長低聲下氣的解釋。

「以前你們沒發，人家沒來找我們，我們不便管，現在當事人找上門了，我們有責任要管；你們一定要按照法令發他妹妹請病假的工資。」

「賺錢沒賺錢是你們自己說的，你說沒賺錢就不發，那麼賺了大錢要不要多發?還不是你們日本老闆裝進口袋帶回日本去。」蕭毅夫吞了吞口水，輕蔑地說：「你是臺灣人，日本侵佔臺灣五十一年，好不容易打了勝仗脫離他們的侵略。現在你當課長的，不為自己同胞的勞工姊妹說話，還幫日本人經濟侵略，剝削我們的女工。難怪在日本人開的工廠工作的女工，都罵中間幹部的中國人課長、經理、主任是哈巴狗，只顧自己的升遷討好日本老闆，幫他們設想剝削的辦法，不為自己的女工同胞爭取福利。」

何課長氣得全身僵直，兩手顫抖地把住沙發椅扶手，背靠在沙發椅上一口一口直吐氣。

「這事我不管!你們自己去找我們董事長。」

「你掛個電話請他來，也麻煩你當個翻譯。」吳先生說。

「我不當翻譯，你們自己去找翻譯的人。」

「好，我們管理處再好的翻譯也有。」吳先生掛電話請來了一個翻譯。

翻譯的先生打電話請他們董事長來。日本人董事長身體健碩，風度文雅，他用日本話跟大家打招呼，蕭毅夫和吳先生不懂日語，手勢比劃著請他入座。

「在我們日本的總公司請假，不管病假事假都不發工資，我們是照總公司的辦法辦理。」董事長用日語說完，翻譯的人跟著用國語說出。

「這事我相當了解，你們日本是工業先進國家，對工人的待遇相當好，不但薪水高，辭職不幹時有退職金，年老退休有退休金。在臺灣的分公司這些都沒有，哪還有請病假沒超過期限不發工資的！」蕭毅夫理直氣壯的侃侃而談。

「不管你們日本總公司怎麼做，你們在中華民國開工廠，就要遵守中華民國的勞工法令。這一點相信董事長會同意的。」吳先生誠懇地說。

「道理是這樣不錯。」董事長點點頭，繼之鎖著眉疑惑地說：「不過我們到各地參照你們的民營工廠，大多數像我們這種小工廠，請病假也都沒發薪水。」

「如果員工找上了有關單位，有關單位就有責任督促廠商按法令辦理。像你們這個糾紛，如果他沒有找上我們，我們就管不上；他既然找上了我們，我們就有責任管。」吳先生說。

董事長沈思了一會，跟何課長用日本話交談，翻譯人也跟著他們一起談。

「董事長說，你妹妹請病假的這一星期，給她半薪。」翻譯的人說。

「好吧，半薪就半薪吧，都沒有發，就太不合法了。」蕭毅夫已討厭再蘑菇下去，不要太使他們吃軟也就罷了。

蕭毅夫下班回到家，秋霞早他回來，站在門口等他。

「大哥，我們工廠的人都知道你為了我的病假，到公司去爭吵要照發薪水，這個問，那個也問。算了，不要為那幾個錢再去跟人家爭吵了；碰到管理人或辦公廳的人，我都抬不起頭。」

秋霞蒼黃的臉，這幾天已有了一點血色。

「妳不要管！」毅夫喝道：「也不是做小偷偷他們的，有什麼抬不起頭的；今天你們董事長說發一半，他如果不發我還要去找他們。」

「你這樣使我很難做人！」

「妳怕什麼，有我在，他們絕對不敢辭妳。」

領薪這天，秋霞回到家一跳下腳踏車，就掏出薪水袋給毅夫看：

「發了一半。」秋霞微笑地喘著：「今天發薪水，好多女工爭著看我的薪水袋。知道發了一半，大家都高興這個例破了；以後病假可以循我的例了。」

蕭毅夫接過薪水袋來看，裂嘴笑笑：

「她們不要空高興，能不能照妳的例，還說不定呢！」他翻著薪水袋前後看了又看：「他媽的！真的只發一半！」

（一九七六年十一月發表於新生報）

婉晴的失眠症

他指示婉晴的工作原則是：外帳儘量做到少繳稅。逃稅最多的是貨物稅，幾乎有半數的產品不報稅。他說：如果每家工廠都實做實繳稅，那可能十家倒八家，我們工廠不用賺什麼錢，只要賺一半的貨物稅就可以了。

（一）

關掉電視機，女主角跟情人的誤會能不能冰釋？這種連續劇總是這樣，一到緊要關頭，急要知道下一幕會怎樣就剛好時間到，吊著你的胃口明天再來！婉晴站起來舉手伸腰，手一放下，查帳的事衝進腦子裏佔據了劇情繚繞的餘韻。今天的懸宕，明天可能怎麼發展都被驅逐光了。熄了燈，躺上床。送上稅捐處的帳有什麼漏洞？明天要怎麼應付查帳人員的問話？會不會被查出漏稅，或找出紕漏來追加課稅，使董事長不高興？

近半個月來都為這擔心得睡不著覺，平時想盡辦法把外帳做得能使老闆少繳稅，也能應付查帳人員。查帳期越接近，越是提心吊膽。下午接到查帳人員的電話後，一直驚慌憂悸：

「妳的帳有問題，妳來稅捐處，我問妳一下。」

「明天早上去，下午我很忙。」其實並不忙，只不過不敢一下子去看他，先做一番心理準備再去。

竭盡思索，也沒有什麼可準備的。問他什麼地方有問題，他說來稅捐處就曉得，不在電話中說。

帳一報出去，一股壓力就壓上身。每夜輾轉到兩三點還睡不著。閉上眼，口念阿彌陀佛來淨盡思維，冥冥的黑室中，卻顯現著帳簿、帳上密密麻麻的數字；算盤、電子計算機、損益表、營利所得稅報繳單、稅務人員不悅的嘴臉……。

高商畢業後，老師介紹她到通德電器公司當會計，工廠員工一百多人，生產電風扇和電爐。進入公司第一年她做內帳，第二年做外帳的小姐結婚辭職，她改做外帳。外帳是應付稅捐處的假帳，會計課長林先生叫她怎麼做，她就怎麼做。跑稅捐處和應付查帳都是林課長的事。第三年林課長與朋友合股開工廠辭職，向董事長推薦她當課長，帶她到董事長室見董事長。

「婉晴，林課長要自己當老闆，會計課長的缺，我想升妳做，妳是不是自信做得起？」董事長嚼著檳榔，坐在大辦公桌後面的高背迴轉椅上閒晃著。

「記帳沒有問題，其他的我就不曉得了。」要升做課長，婉晴憂喜參半，人都緊張起來了。

「婉晴內外帳都做得很熟，外緣又好，人又機智，應付查帳的應該是沒有問題。主要還在於婉晴做事靠得住。」林課長說。

在四個會計小姐中，婉晴年資最久，又得董事長的信任，不升她也沒有別人可升了。所謂課長，婉晴覺得實在也封的太大了；她一共管三個小姐，一個記內帳的；一個記工資和算工資的，一個記外帳的。她除了指導她們工作之外，管現款和報繳各種稅項，及跑有關稅務方面的交際。反正這種家族公司能封就儘量封，辦業務的王勝雄，自己管自己，封為業務經理。婉晴也樂意過過當課長的癮，印著「通德電器公司會計課課長」頭銜的名片，亮在初見面者的面前，無不嘖嘖稱羨。「這麼年輕就當課長，又是個小姐！」

薪水原本每月三千二，升為課長一下子跳上六千五。董事長還說，認真做的話每年都要給她升薪水，如能多賺錢少繳稅，每年賞她兩個月以上的年終獎金。婉晴著實興奮了一陣子。人家下班了，她還留下來核對三個女孩做的帳，要求把會計工作做得盡善盡美。稅捐處的公事也都自己跑，有一位稅務員曾向她說：

「妳真是認真，這種送單子或蓋章的事，由妳們公司的小弟送就可以了，何必妳當課長的自己跑。」

老董事長是學徒出身的，當過電氣行師傅，後來開電氣行賺了錢，發展到現在的電器工廠。他只讀國小，識字不多，黝黑的粗方臉木訥寡言，拙於交際，但卻會利用職員來做交際工作。他對員工該慷概的地方很慷慨，員工也樂意為他效勞。他指示婉晴的工作原則是：外帳儘量做到少繳稅。逃稅最多的是貨物稅，幾乎有半數的產品不報稅。他說：如果每家工廠都實做實繳稅，那可能十家倒八家，我們工廠不用賺什麼錢，只要賺一半的貨物稅就可以了。

當了會計課長，頭一次她不知道要如何應付查帳的，跟林課長學到的概念是「送」！辦不通的事，送就辦得通。道理雖懂，可是要做起來就不簡單了。站在稅務人員的桌邊，他挑出憑證不足的和塗改的來捉漏洞時，答的話卻被駁得無以為對。一個女孩子又不便邀他上舞廳，或上酒家玩女人，吱唔了一陣子，逼急了，直截了當的問：

「你要多少？」

稅務員看她急成這樣子，禁不住地發笑：

「妳怎麼問我這樣子？」

「乾脆嘛！」婉晴抿著嘴，也覺得好笑。

婉晴問明他家的地址，當夜送上一盒日本魷魚乾，內夾五千元。他打開門看是她，探頭向門外左右瞧了瞧，閃身讓她進去，隨手關上門。

有一種犯罪感使她出來時像做小偷，眼睛四方裏張望了一下，腳步緊促，趕快逃離他家。

明天要問的查帳人員不曉得是換哪一位？婉晴仍然清醒著，爬起來亮了燈，腕錶指在兩點十分了！她打開抽屜，取出一本《給拙於生活的人》翻著看。想從書裏面找到一點慰藉或能翻到什麼應付的方法。

「婉晴，妳怎麼還不睡？這麼晚了。」媽媽的聲音，燈光由隔間上段的空間照亮他們臥房吵醒了她。

「睡不著。」

「明天我打電話給妳們董事長，妳只要管帳就好，稅捐處叫他自己去跑，或找別人去交際。」爸爸夢囈的說。

「爸，你千萬不要打，帳是我做的，別人都不懂，他們怎應付稅務人員查帳的事。」

「爸！你千萬不要打電話。」

「我不打就是，這麼晚了妳還看什麼書？」

「一個女孩子，兼做公司的交際工作，實在不適合。」媽媽翻身吁了一口氣。

婉晴熄了燈，躺上床，想想跑稅捐處交際並不是什麼困難的事，只是自己神經病，放不開。自從年初貨物稅有漏洞，被罰了五萬多元，董事長罵她沒有責任心，她不服氣，她一向認為自己天生就有強烈的責任感，更加謹慎。但是家家逃稅，稅務人員收收紅包，閉一眼睜一眼，如果他們要事事認真稽查，哪能完全天衣無縫！

（二）

八點上班後，婉晴指示完三個會計小姐今天該做的工作，搭公共汽車忐忑著到稅捐處去。查帳期，報帳、繳稅、查帳，人聲噪雜。婉晴問明查他們公司帳的是王監士，她爬上三樓王監士的桌前含笑連行幾個鞠躬禮。

「妳等一下，我手上的做完就找妳的。」王監士核對桌上攤開的帳簿，手打計算機忙著計算。

婉晴站在旁邊等，以為他很快就會好，等了將近一個小時，看他還忙著核算書寫。

「王先生，可不可以先幫我找一下，看哪個地方有問題？」

「等一下嘛！妳急什麼，有什麼好急的？」

「拜託嘛？」婉晴乾笑著。

「我也不是吃飽飯只等查你們的帳。」

婉晴不敢再催他，抓一把椅子來坐在桌邊等，無聊得偷瞄他的長相：馬面長臉，鼻翼有兩條八字法令的深紋彎向嘴角，很嚴肅。

有五六個商人接踵而來，找他蓋章、報繳，核對，他停下來忙他們的，可能忘記旁邊坐著一個在等的，婉晴忍受著，心窩滾滾地炸著油條，找他的人都辦完了，婉晴站起來走近他桌前說：「王先生，拜託一下，我八點半來，已等三個鐘頭了，快要下班了，麻煩查一下我的，不要我下午再跑一趟。」

「哦。」他好像忘記了。忽然想起來：「有什麼辦法，我也不是閒著在玩。」

王監士停下手上的工作，拉開抽屜，找出通德的帳冊，翻開來說：

「你們董事長去日本的旅費報的不合規定。」

婉晴注意他翻著支出傳票，指出不能報銷的帳目。

「別的地方是不是都可以？」

「我只看這一項，其餘我還沒核對。我很忙，上班時間哪有空看，要帶回家去，晚上在家抽時間看。」

婉晴步出分處，撐開陽傘遮住炎炎的烈陽，走到公共汽車牌等車，回到家已經一點了。吃過中飯再等車搭車，到公司已是下午兩點多了。

「妳早晨上班就到稅捐處去，怎麼到現在才回來？有事要找妳都找不到人。」董事長聽到她的聲音，從董事長室出來。

「我在那裏等了三個鐘頭，他才拿出來問。」

董事長似乎不相信她，婉晴也不想多做解釋，悶在心裏鬱鬱不語。

王監士的電話又來了，要她明天再去分處對帳。婉晴在心裏埋怨他不全部查對好再叫她去一次問完。隨便翻翻就來一個電話，這樣三兩天來一次電話讓她跑一趟，一等又是兩三個鐘頭，自己受不了不要緊，也無法向董事長交待。

婉晴爬上稅捐處的二樓，走近王監士的辦公桌。王監士劈頭就說：

「稍等一下。」

她怕一拖又要兩三個鐘頭。

「王先生，您家住在哪裏？我晚上去拜訪。」

「好遠，何必問這。」

「應該的，王先生上班忙，帳又在家裏看，禮貌上我應該去拜訪拜訪。」

王監士不好意思的停下桌上的工作，拉開抽屜取出通德電器公司報的帳出來翻。

「你們公司怎麼在半個月內買了十八萬的傢俱？電視、電冰箱、四聲道音響、全套的高級臥房衣櫥和床及梳粧台，這一定是你們董事長或總經理嫁女兒買的嫁粧，全部報公司的帳。」

婉晴暗暗吃驚，他猜的一點也不錯，那是董事長嫁女兒買的嫁粧，拿來公司報帳的。

「不，那都是公司買來用的：四聲道安裝在工場，工作中放音樂給工人聽，減少工作疲勞；電冰箱是伙食團買的；沙發椅是董事長添購的；全套臥房傢俱是董事長在公司裏闢了一間招待室用的。」婉晴有點吱唔。

「誰會相信妳的，要不要我去查，這些傢俱不要拿來報吧？」

「王先生幫幫忙嘛，真的是公司添購的。」

「能幫忙的我還是幫妳忙，這太說不過去了。」

王監士收下帳冊，繼續查對他桌上放著的帳。如果不走後門可能還要來幾次！婉晴纏著問：

「王先生，您家住在哪裏呢？」

「我是向妳說明一下，以後不要有類似的報銷。妳可以回去了，不要問這。」

「您不講我就坐在這裏等您講，下班後我還是不回去，等到您講了再回去。」婉晴挪近一把椅子坐下來，蹺起二郎腿，拉直裙裾掩上膝蓋，預備一直坐下去。

「妳就一直坐下去好了。」王監士望看著她笑：「儘管妳坐到下午下班我還是不講。」

「那我晚上也不回去，就坐到天亮等你明天上班講。」婉晴揚揚眉毛裝鬼臉，打開手提包撕了一張小筆記簿的紙遞給他：「麻煩一下嘛，給我寫在上面。」

「寫就寫。」

王監士在紙上寫完地址，婉晴接過來放進手提袋：

「我晚上就去拜訪，一切拜託您啦！」她站起來，掃平坐著積皺的上衣。

「我是沒有關係，我們課長……。」

「課長他家我早就去過了。」

王監士愕然！似乎意想不到婉晴跟課長有交際。

「妳送他多少？」

「六千元。」婉晴得意地說：「王先生要多少？」

「噯呀我們何必談這個，能幫忙的就幫忙。」

婉晴步下樓梯，憋住笑，她看王監士知道她與課長有來往，態度由冷漠轉變為熱誠。其實自己並不認識課長，哪位是課長，桌位在哪裏，她都不曉得。以前她只與查帳人交際，沒有想到什麼課長。她迎著耀眼的日光，得意著她向王監士所施的這一招。這可讓他有個錯覺，我婉晴在稅捐處交際很廣，使他不敢任意刁難。也可使他不敢藉交際課長的名義任意敲竹槓。不過，既然向王監士說課長那邊送了六千，就得趕快補送過去。打聽課長的家在哪裏並不困難，她打算問問她以前交際過的人。另外今夜上王監士家，禮也不能少於課長的，回去再與董事長商量商量。

（三）

過了年，慶幸在驚悸中平安渡過去年的查帳期，鬆弛幾個月後。新的查帳期很快就要到了。在兩三個月前，她即著手整理全年的帳，準備應付。精神壓力隨日期的接近加重，失眠又來啦！

今年查她們帳的是黃吉燦，他來公司查帳時，婉晴看他說話很溫婉，查帳卻一是一，二是二，乾脆俐落。她泡茶招待他在會客室坐，問他家住在哪裏，他閉口不談。婉晴以她過去的經驗判斷他是餓鬼裝客氣。

「黃先生，乾脆一點嘛，要多少就說多少，我們都可以商量的。」

「妳怎麼把我看的這麼扁?妳再這樣子我要特別注意你們公司。」

「黃先生抽菸吧。」婉晴打開煙盒子雙手捧上，他婉謝：「我是跟您說笑，因為別人都這樣，黃先生何必那麼堅持。」

「別人是別人，我是我。別人的事我不管他，。妳也不要把我跟別人比。」他臉有慍色。

「我瞭解黃先生為人耿直，能放鬆的也請儘量放鬆。」婉晴警惕自己要小心，他不能跟其他的人那樣乾脆的問。

「報銷不合法的，我都挑出來了，你們公司應再補繳三萬兩千多元。」

婉晴從王監士那裏打聽到黃吉燦他家的地址。她按董事長的指示買一盒餅，內裝八千元，送到他家去。黃吉燦一開門，眼溜溜的把她擋在門口。

「謝小姐，這我不能收，我很討厭這一套。妳帶回去，謝謝你們老闆，這一期該補繳的就補繳，我是幫不上忙的。」

「應該補繳的我們還是補繳。」婉晴見風轉舵：「我是來看看黃先生，順便帶個手禮。」

「妳來我家玩我歡迎，但先講好，回去時把東西帶走。」

婉晴進去坐了一會兒，把東西放在不顯眼的電視邊的小桌上，不敢跟他提起一句補繳稅的事。辭行時，裝著很自然，空手走出門。

黃吉燦眼明手快，拿出禮物要她帶回，她推讓得無法可施，嘆著氣，遞禮物的兩手被黃吉燦按住。

「黃先生，您不收我們老闆會罵我不會做人。」婉晴輕聲懇求：「黃先生就收下來，讓我好做人。看我的面子，算是我個人送您的，不是公司送的。」

「不，我瞭解廠商的困難，也知道妳的處境，可鬆的我就放鬆，但我不能違背自己的良心，我求妳讓我問心無愧。假如妳硬要留下東西，逼不得已，我只好送去派出所。」

婉晴由衷敬佩黃吉燦，坐在計程車內望著燈光灰白的夜路，這一關是打不通了；她不知要怎麼辦！假如每個稅吏都像他，每個廠商都不逃稅，我也不會去做這種狼狽的事。但兩者都已養成風氣：稅率重，不逃稅的廠商無法與人競爭，就像董事長說的：儘賺儘繳稅；稅員也視廠商逃稅防不勝防，收他們紅包是應該的。第一次碰到不收禮的人，她提醒自己以後報稅要特別小心。

婉晴第二天上班後，把禮物拿還董事長。

「他不收，那三萬多元是要補繳了？」董事長不悅，額頭緊蹙，皺紋歷歷可數：「妳既然到他家去了，丟下就走，怎麼那麼笨！」

「他說硬要留下的話，他要送到派出所去。」

婉晴看董事長還是懷疑她沒有盡力，悶在心頭，不想多做解釋。下午婉晴接到黃吉燦的電話，要她請董事長聽話。婉晴把電話接過董事長室，以為他昨晚不收，被查出什麼漏稅的事，心悸的利用分機聽他跟董事長說話：

「昨晚你們會計小姐送東西到我家，我真謝謝你。不過我從來不收人家的東西！請董事長原諒。是我不敢，不是謝小姐不盡責，你不必怪她，是我硬叫她帶回去的。謝謝你，董事長。」

「噯呀！黃先生太客氣，一點小東西表示一下敬意而已，怎麼那麼客氣。」董事長緊張的裝笑打哈哈。

（四）

稅捐處開單子來補繳三萬多的稅後，婉晴覺得董事長對她常扳著臉孔。她害怕像黃吉燦這種做事認真，又不收禮的人有得是，有朝一日如果漏稅被查到……。經常可以看到報紙上登，某些公司被抓到漏稅，從頭揪根追究到底，歷年的累積，一罰款，數目之巨、往往使公司倒閉。

「那我怎麼能挑得起這個責任？」只要內帳不慎落在稅務人員手上，與外帳一對照，幾年來的加以清算，那漏稅的罰款……？

婉晴不敢再想下去。有這顧慮後，她不時有一種恐怖感，每天早晨一起床就討厭去上班。在上班的路上踩著腳踏車，祈禱著但願今天平安無事；在下班回家的路中也祈禱明天能平安無事。有時她為自己這種多餘的掛慮不覺啞然失笑；不是天天都平安無事嗎？可是她仍然有一種預感：公司有一天會被抓到漏稅，帳冊全被扣押，巨額的罰款使老闆破產，而她是負責全部帳務的人……。

這一天忽然接到稅捐處的通知單，要公司補繳二十四萬五千二百元的稅款。婉晴幾乎被定身法定住了，血凝氣窒，心臟的泵浦打不通血液似的一捽一捽的，兩眼瞪著單子視而不見。發了一會兒呆才看清補繳的是房屋增值稅，與工廠的稅無關！

她請示了董事長，又打電話問稅捐處，原來是公司在電影街的門市部四層樓的店舖漲得很貴，董事長要將這批資產轉投資，收了門市部，賣掉房子。房子的賣價報得太少，被稅捐處查到實賣金額，派人來公司蓋章承認，要補繳增值稅。到底是誰蓋圖章給稅務人員呢？

「婉晴是不是妳蓋的？」董事長飛濺檳榔紅沫喝問。

「什麼時候賣掉門市部的房子我都不曉得，也沒有人告訴我，我怎麼敢隨便給人家蓋章。」

「鳳儀有沒有蓋？」他問大兒媳婦。

「我從來沒有看過有什麼稅務人員要來蓋章。」鳳儀說。

「淑玲呢?」他轉問二兒媳婦。

「房子賣多少錢我都不知道，我怎麼敢蓋章。」

「那一定是婉晴蓋的。」

「每次有要蓋章的書類，我都直接叫他拿進總經理室找鳳儀或淑玲蓋，經過我的手的我也都拿給她們去蓋。」

「她們都沒有蓋，繳稅的事是妳管的，妳沒有蓋誰蓋的?妳這樣蓋了一個章，公司損失二十幾萬!」董事長的喝嚷使所有的事務人員都低著頭工作:「假如不蓋章給他，找人交際一下就沒有事，這一蓋二十幾萬報銷啦!」

婉晴猜想不是總經理太太——大兒媳婦蓋的，就是廠長太太——二兒媳婦。總經理和廠長另外與人經營電纜工廠，只是掛名而已，她們兩人幫公公處理公司的事，很多找蓋章的事往住沒看清楚就蓋了。她們待婉晴像親姊妹一樣好，婉晴掉著淚，不便再解釋。

婉晴越來越覺得自己是為金錢而工作，不是為工作而工作。查帳期的失眠擴展為長期失眠，夜夜躺在床上數一二三四……唸阿彌陀佛，直到人倦極了，耳鳴頭眩，才迷迷糊糊睡著。睡沒多久，正想再睡，天卻亮了，懨懨爬起來，又要上班了!

白天偶爾支持不住，暈眩打瞌睡，她忍受著，曾經有兩次伏在桌上睡，被董事長叫起來數落了幾句。她摔不掉工作上無形的壓力，終於下了決心，向董事長說出長久埋在心頭的話：

「董事長，我患了好久的失眠症了，晚上睡不著，白天卻會打瞌睡。我怕擔當不起工作的責任，我想辭職，董事長找一個人來接我的缺。」

「辭什麼職，做得好好的為什麼要辭職，嫌薪水低是不是？嫌薪水低我可以再升薪水給妳。」

「不，我患了失眠症，去看醫生，醫生都說沒有病！我想變換一個環境，到高雄我二姊家靜養幾個月。」

「年輕人靜什麼養？我像妳這種年紀時，開電氣行，沒有請人，一個人白天送貨跑外面拉生意，晚上修理，每晚只睡三、四個小時。我這個公司就是我這樣拚出來的。我現在快六十了，我都不敢說要靜養，妳年輕人靜養什麼？失眠不用看醫生，出去玩玩散散心，參加遊覽車的環島旅行，我出錢，再給妳七天假。」董事長嘴角濺出血紅的檳挪汁，一面嚼一面吆喝：「下個月起每月多加五百元薪水。」

婉晴數次提出辭職，董事長一再挽留她，並托當初介紹她來的老師和她父母勸她再做下去。婉晴瞭解，並不是請不到人，而是一個真帳不能公開的閉塞工廠，會計主管一定要信得過的心腹人，還要懂得做假帳及應付查稅的辦法。她對高薪已無興趣。她常想去做一個不負擔責任的小女工，每月賺個兩千出頭，快快樂樂過日子。而厭倦現在每月領七千四——再升五百就七千九——

的高薪，受精神折磨。但董事長一家人對待她像自己的人，在情面上她也不好意思堅持辭職。

環島旅行中，她把一切業務置之度外，跟幾個朋友嘻嘻哈哈結伴爬山尋勝，白天盡量使自己玩得精疲力盡，夜晚在旅社躺上床倦極而眠。

一回來上了班，失眠又來啦！

她想嫁人算了，公司不用結過婚的女孩，結了婚妳要留下來幹，公司也不會要妳。，可是幾個認識的男孩，還沒有一個深交到可以結婚的。總不能飢不擇食，隨便抓一個嫁人了事。

她找事來麻醉自己，下班後趕出去看電影、找朋友、看電視連續劇；星期日跟登山隊去爬山，使骨頭痠痛，全身勞累，不留空隙使帳務侵入思維裏。

（五）

今年換曹振聲查她的帳，瘦高白俊，三十多歲的人。婉晴稅捐處跑久了，早就認識他，他說話風趣，使人想跟他做朋友，多聽他幾句消痰化氣的話。他約她到純喫茶去，婉晴樂意省跑他家。

「尋心園」咖啡室內，左角升降台上電子琴的音響，混著升降台下串串的雨滴聲流蕩於水晶宮室內的座椅間。升降台降下來了，電子琴邊彈，歌女隨著彈琴者悠揚的雙手潤流嗚咽地唱著。升降台上升了，底下的雨滴冉冉升高，水霧映著晚霞般的彩光，滿室繽紛的幻境。

「你家住在哪裏？」婉晴看是時候了，討厭再磨蹭客套話。

「問我家幹嘛？」

「去拜訪拜訪啊。」

「妳要到我家給我做第二號的話我才告訴妳。」曹振聲擠擠眼撮尖嘴巴笑。

「不怕你太太罰跪算盤？」

「就是怕才不讓妳去。」

「我去你太太會歡迎的。」

「歡迎先生給她帶回來一位幫忙的。」

「歡迎有人送禮。說真的，你的行情多少？」

「要賣我做做做……」

「做什麼？」

「做情人的行情？不要錢，免費奉送！」

「買路錢的行情啦，什麼做情人的行情！」

「陽關大道任妳來往，不收買路錢。」

「意思、意思。」婉晴打開手提袋，拿出信封裝的五千元，裝進他襯衣口袋：「不知道你家在哪裏，省得我再去摸門問路。」

「太少了，送這麼一點。」曹振聲掏出來還她：「要送就多送一點。我是吃牛的，不是吃羊的。」

「你也沒看，怎麼知道太少？」婉晴接過來對摺又裝進他襯衣口袋裏。

「真的不收。」他收斂起幽默賣俏的臉正襟危坐，又掏還她：「可以幫忙的我義不容辭。」

婉晴不接，他搶來婉晴的手提袋打開來，錢裝進去，博，扣住。婉晴要打開，兩掌被他的雙手合攏住。

「不要這樣，妳再這樣就不是朋友啦。」他攏緊她的手，雙眼燃燒著情意看她：「我們去跳舞。」

「我不會跳。」

「跳舞有什麼不會的，踏音樂的節拍，一二三四，一二三四，繞舞池走四步。」

婉晴文文地笑，他不收錢，不好意思拒絕他。他付完帳，跟他走出尋心園，鑽進他招來的計程車上舞廳去。

婉晴應付曹振聲上了幾次舞廳，跳燈光熄暗的布露斯時，他全身摟緊貼住她，頭勾在她肩上，手在她頸間輕撫。婉晴拿開他的手，輕輕推開他。

「曹先生，我以後不能再出來跳舞了，我父母很守舊，最近常問為什麼那麼晚才回去，要是知道我出來跳舞一定打死我。」

「偶爾逢場作戲，跳一兩次有什麼關係。」

曹振聲打電話來，婉晴拒絕他再去跳舞。

「不然下班後到稅捐處來幫我們填稅單，妳幫我們填多少，可以算多少工資給妳，計件付酬。」

「算什麼工資，我很高興能幫你們忙。」

婉晴在下班後去幫他填寫到九點多。各種稅單忙期她樂意幫他們填寫，利用機會與稅捐處的人交朋友，對公司報帳查帳這方面好做事。她跟曹振聲在填寫單子時有說有笑，填完曹振聲用摩托車送她回家。有幾次在路中他要邀她上舞廳去，她婉拒了。

「到純喫茶去坐坐。」曹振聲的摩托車停在「月世界」情人座咖啡廳的門前。

「不要，我要回去啦！」

「坐坐聊聊天嘛。」曹振聲推車上「月世界」的走廊。

「對不起，太晚了。你進去吧，我坐計程車回去。」

婉晴怕擺脫不了，攔住一部迎面開來的計程車鑽進去，揚長而去。她回頭看曹振聲失神地站在「月世界」的廊柱前！

她看出曹振聲是想藉此機會來接近她，她起了戒心，又不好意思拒絕去幫忙填寫稅單。他再打電話來時，正好她感冒發燒，一下班她也忍受著去幫他填寫。

「怎麼今天都不說話呢？」曹振聲問。

「身體不舒服。」婉晴硬撐著填寫。

「早一點回去吧。」

全身躁熱頭疼，寫了一個多鐘頭，她已無法撐下去，拿著手提包告辭出來。她怕等公車支持不了，攔了一部計程車搭回家。

一進門一陣冷一陣熱四肢發抖。吃了藥躺上床，任母親怎麼叫吃飯也起不來。燒熱的昏睡中，交織著查帳的惡夢，一醒起來，真恨不得馬上把帳簿抱到調查局去檢舉，乾脆大家去坐牢，省得天天壓抑得精神受不了！可是老闆一家人對我那麼好……。

（六）

婉晴與稅務員多數混得很熟了，但這並沒有減輕她工作的精神壓力，尤其她已厭倦於把自己當做交際花來週旋曹振聲。端午節到了，過了端午節查帳期很快就會來臨！今年不曉得哪位會查她們的帳？婉晴又在鬧失眠了，每天早晨起床，一想到要去上班了，就腳痠手軟。

「媽，今年端午節綁粽子，多綁一些，我帶去高雄給二姊。」房間黑黑的，婉晴睡不著，向鄰間父母的臥房說話。

「三八女孩，從這裏到高雄要花多少車錢？他們要吃粽子不會自己去買，還要妳從臺灣頭帶到臺灣尾。」

「二姊和二姊夫喜歡吃媽做的粽子，我很想念二姊和他們兩個孩子，我想到高雄二姊家住幾天，順便帶去。」

「又在鬧失眠了，出去玩一玩也好。」爸爸說。

「好，我就給妳多做一些。」

婉晴右手拎帆布袋裝著的粽子，左肩揹旅行袋，一步出高雄車站，鑽進排隊輪班的頭一輛計程車，想儘快能見到二姊，把數年來自我折磨的鬱積向二姊傾訴，讓二姊出個主意。

晚飯後，兩個甥子在做功課，婉晴和二姊、二姊夫坐在客廳聊天。她已來兩天了，兩天來隨在二姊身邊，買菜、做飯、上街，不斷地向她傾訴著。

「我不想回去了，二姊。在妳家住一段時間，隨便找一個女工的工作做做，慢慢找到好的再換。」

「妳不回去把工作交代好，再辭職？」

「回去我們董事長一定不放我走，寫一封信回去辭職算了。我要來時就準備不回去了，帳目都已向手下的三個會計小姐交代清楚了，也向她們暗示我不幹了。」

「妳要再考慮考慮，妳在通德是當課長，薪水現在給妳八千二。在這裏的加工區當個女工，剛進去不過是兩千四百五。」姊夫悠閒地吸著煙。

「我只求換一個不用擔當責任的工作，輕鬆輕鬆而已，我已煩死了七八千元的鬼（會）計課長！」

「一個月七八千，在女孩子來講，算是相當高薪，要辭掉實在可惜。」

「再幹下去我真的會精神分裂。我是一個國家的罪人，幫老闆逃稅，賄賂稅務人員包庇。經常坐在稅務人員桌旁問他家在哪裏？問他要多少？光過年過節，那些送不完的紅包，送不完的禮；偷偷摸摸地送，現在想起真是噁心！」

「那就決定辭職好了。」二姊拍拍姊夫的肩胛：「喂！給你小姨子找個好工作，或介紹一個好對象，也該結婚了。」

「嫁人也好。」婉晴笑笑：「做女工也好，暫時先做一陣子女工再慢慢找。」

「只有兩千四百五呢？」姊夫說：「女工請不到；要幹職員的滿街都是。」

「沒有關係。」婉晴很堅決。

（七）

成功路往前鎮加工出口區踩腳踏車的女工人潮，穿著各種工作服夾在大小車輛叭叭喧囂下，閃湧趕上班。婉晴騎著腳踏車後架夾著便當，蹬著車跟人走。一種濾淨煩惱塵垢後的虛空使心清如水；偶爾惋惜自己高薪的課長不幹卻在電子公司的生產線上當女工！

半個多月來，待在二姊家沒事做，日子真難挨，一時又找不到適合的工作，只好暫時先換一個環境，做一兩個月女工嚐試，交幾個朋友散散心。慢慢再找一家不必做假帳的公司再做會計工作。高商畢業的女孩子那麼多，要找適合的，也不是簡單的事，尤其是不做假帳的更難找！

（六十六年元旦脫稿，發表於台灣文藝五十四期）

龜爬壁與水崩山

「我們工廠老闆連工會都不給成立，有人要發起組織工會，老板就把他辭職，不然就報警察局說是什麼思想有問題的不良份子，讓警察來叫去問這問那。沒有工會就沒有人要為工人向老闆爭取。」

七月十八日

娘幫我拿包袱巾包著的棉被和日用品，我拎著放衫褲的手提箱，遠遠就看到慈月提著皮箱在她家院子前的綠竹下等我了。女兒要去工廠吃頭路啦？女兒會賺錢啦？女兒長大了嗎？國中畢業剛一個多月，今天茅蘆初出，踏入社會，高興自己能賺錢了，卻畏懼對社會的情況一無所知，一出門一切都是生疏的。

「走快一點嘛，清蘭，我等妳好久啦。」慈月輕搖著衣箱，身旁放一大包新聞紙包的東西，外面以網袋裝著，那可能是棉被。

「出外，兩人要互相照顧。」慈月她娘在餵豬，看我跟娘來了，放下舀食料的罐子，在圍巾上擦擦手迎上來：「有閒多寫批（信）返來。」

「娘，妳回去，我自己跟慈月去坐車。」

「我跟妳們到廟口去。」

「我幫妳們提東西。」慈月她娘說：「工廠不是說九點半有車來載？」

出生十六年沒有離開過父母，第一次要離開家到生疏的地方去，心頭畏怯，在路上我不時抬頭看看娘，娘斗笠下露出包巾的臉很憂鬱；她總是不放心把女兒放出去，昨晚十點上床，她翻到十二點還沒睡，一直在耳邊數說著：在外面要節儉一點，一個月賺一兩千元，不節儉賺的錢自己都不夠用。人家說工廠的女孩很隨便，要謹慎一點，不可跟男孩子黑白來；不讓妳出去說妳娘守舊，讓妳出去，變好變歹，實在不放心。早晚天氣涼時，就多穿一件衫子，不要著涼了……

「妳們兩個去工廠，所在生疏，事事攏愛細心。」慈月她娘說。

我們站在廟口榕樹蔭子下等，娘解開斗笠下的花包巾擦拭汗濕的臉。兩個當媽媽的不斷地叮嚀、吩咐、吩咐、叮嚀。一臺墨綠色的豪華大型轎車停在我們身邊，司機探頭出來問：

「妳門兩個小姐是應徵去善化福勝針織公司吃頭路的？」

「是啦。」

「一個是呂清蘭，一個是呂慈月？」司機問。

「是，是我們兩個。」

「來，上來，我是來載妳們的。」司機返身打開後門：「坐後面。」

我詫異公司怎會派這麼豪華的轎車來載我們，兩個做娘的看我們坐這麼好的車子，臉孔的離愁都綻開了笑。

前座已坐了兩個，後座也坐了兩個，這四個女孩可能跟我們一樣，是他們公司到鄉下來貼單子徵求的。司機出來打開後面的車廂幫忙放進行李，我跟慈月鑽進車裏。

車子在兩個母親的叮嚀聲中向前移動，娘的眼眶淚水在滾動，我不敢看她，低著頭咬囓著下唇。

司機要我們關上窗子，他開了冷氣。車子飛馳著，稻田、香蕉園、竹林、村屋、家鄉遠離啦！車子轉上充滿南國風味的椰子樹公路。車裏冷氣浸身，座位軟舒舒，車子又穩又沒有聲音。司機會把我們戴到什麼地方去？不會是騙我們，把我們載去賣吧？

從椰子樹的公路跑上沒有樹的公路、木麻黃的公路；由田野經過街鎮；路邊間有香蕉園到路邊連綿甘庶園；最後換上路旁兩列芒果樹，芒果生得纍纍墜墜，坐了將近二個半鐘頭的車，路旁的牌子兩個大字「善化」，車子轉入一條土路，不多久到了「福勝針織公司」的大門了，司機鳴著喇叭，守衛出來按電鈕，鐵柵門自動裂裂滑開，車子開進去停在第一棟大樓前。

到工廠啦，不是載我們去賣！我鬆了一口氣，跟著大家鑽出車門；大樓陽臺下兩面是黑灰色的落地玻璃，形式壯美。樓前是花園，菊花、玫瑰花開得爭奇鬥艷。噴水池斜右邊的小橋上，用三角梅編成一個圓門，過圓門是花園中的圓環，整理得清爽雅緻。

「身分證給我，我去給妳們辦手續。」司機收了我們的身分證：「辦完交舍監還妳們。」

這個工廠除了右邊兩棟弓型屋頂的平房之外，其餘都是三層長長的大樓，一排一排縱橫十幾棟，建築式樣新穎美觀，廠路整齊潔淨，整個看起來就像豪華的花園洋房。

灰玻璃屋子的自動門，開開關關，裏面坐滿男男女女的事務人員，司機帶兩個中年人出來，拿名冊對著一個一個問名字。

「老黃帶她們四個到毛衣廠的宿舍，老林帶呂慈月去紡織廠的宿舍，我帶呂清蘭上刺繡廠的宿舍。」

中年人帶我到第二棟的大樓，樓下屋裏機械聲隆隆響，對面二樓牆上的管子接頭噴著水蒸氣「咻咻」叫。爬露天樓梯上三樓，欄干上掛著「男賓止步」的牌子，回頭一看，轉彎處也有「男賓止步」，入三樓走廊上又有一塊「男賓止步」，進門，門檻上也有一塊「男賓止步」。老天，我已進入男人禁地的女人國；向前看，向後看，傍邊左右無不是「男賓止步」，慈月不知道被帶到哪一棟「男賓止步」的地方。

中年男人把我交給舍監就走了，舍監是五十幾歲的婦人，帶我進入一間連排著雙人的上下兩層木床的房間。

「靠窗上層裏面那個床位給妳。」婦人指著說：「餐廳就在中間那棟房子，等一下上餐廳去吃飯。廁所浴室在走廊的最後面。跟妳同房間的都是同班的人，下午班長會來帶妳去教妳工作。」

屋裏除了床鋪和兩張木頭椅子以外什麼都沒有，我把行李扔在我的床位上，婦人忙她的去了。我一個人在屋裏頓覺離鄉背井的寂寞感。走上走廊眺望每一棟樓房，慈月不知道被帶上哪裏去啦？這裏是什麼地方我都不曉得，要回家去應該坐什麼車再轉什麼車我也不懂；人海茫茫，我變成一個不知道家在哪一方的流浪女！

婦人拿來餐卡給我，叫我上餐廳吃中飯。女工一群一群湧往餐廳，沒有一個我熟稔的人，我不敢上餐廳去；在家裏一餐不吃飯，爸媽會連喊帶催，在這裏叫都沒有人叫，喉頭哽咽著，我回寢室，坐在下層的床沿暗自啜泣。

可能是坐車勞累，我靠在床柱上打了一會兒盹，醒起來已經下午一點多了，肚子轆轆叫餓，我真不知道如何挨過這一天，直覺自己是一個依人籬下的養女。

「妳是呂清蘭？」一個戴白工作帽子的二十一、二歲的小姐進來問我，語音嬌聲嬌氣的。

「是我。」

「我是妳的班長，妳派在刺繡廠內我的班上工作，我帶妳上班看人家工作。」

我跟她下樓到第三棟樓房的一樓，一進廠房，一座一座隆隆巨響的龐大機械，每一座約有四五丈長，一丈多寬，十一、二尺的高，上下兩層，各有一個作業員來回走著注視機械上那一排密密麻麻，千支萬支隨著隆隆巨響一扎一扎的繡花針。機械上襯著與機械一樣長的布，繡針一進一退的扎著布，布慢慢捲高，被千針萬針繡上一排一排的花蕊；好美的繡花布！百貨公司賣的那種價錢昂貴的繡花布就是這樣繡成的？

「妳在這裏看人家怎麼工作，明天我再教妳。」

我站著傻看工作中的女工，沒有人來理我，我也不敢去問人家，這麼高級的布，我哪能擔任這種工作，我好擔心。

下班後我跟人家回寢室，同寢室的女孩叫我先去洗澡。當我進入浴室時，是總間；女孩一個一個脫光身子赤條條的舀水淋身。我嚇得跑出來；她們怎麼敢整群的脫光身子在一個大浴室裏洗？我想等半夜沒有人洗時再去洗。

「怎麼沒有洗呢？」跟我同床鋪的女孩問。

「我不敢洗，那麼多人在一起洗。」

「有什麼關係，慢慢就習慣了，大家都是女孩子，也不跟男孩子洗。」

我跟洗完澡的女孩上餐廳吃飯，餐廳的門不直接進去，兩片牆做成N字型的迴紋路線，牆與牆之間只容一人走，牆漆黑色的，通道不點燈，暗無天日，我摸黑走了一段，腳踢到牆，原來要迴轉著走，好像走進魔窟的迷魂陣。再摸了一段，餐廳的亮光倏地亮在眼前，男男女女的工人捧著盛好菜的盤子找桌位吃飯，我不懂為什麼餐廳門口做那麼兩道黑牆的N型迴紋路？也許是告訴工人必須走一段黑暗曲折的路才有光明的飯好吃？聽說好多工廠的餐廳都是這樣，也可能是擋蒼蠅用的吧？那做紗門不是更好嗎？

在餐廳我渴望能碰到慈月，但一直沒有看到她進來。回到寢室，幾個房間的女孩都忙著擠在水槽邊洗衣服，走廊的欄干上吊滿奶罩、三角褲、花衣服、長褲、短裙，我倚著欄干想著被人家用轎車載到這裏來，家不知道從哪裏回去，淚水漣漣地掉下來。

七月十九日

昨夜睡得不習慣，整夜半睡半醒，稍合上眼就做夢；夢見我賺好多錢拿回家，在好多宗親的面前神氣地向娘說：「娘妳看我會賺錢啦！」夢見我被陌生人騙進轎車裏載到酒家去賣，酒家五光十彩，猜酒拳的吆喝聲喧嚷著，我坐在酒桌中，桌上坐的一群妖魔鬼怪搶著要擁抱我，吃掉我；我逃竄著，怎麼也跑不動，後面的色魔哈哈笑著追；我心急跳下樓。人頓了一下，嚇醒啦！流了一身冷汗。醒後一直擔心無法擔任刺繡那種高級布料的工作。

經過昨天這一天，覺得自己是一個能賺錢的大人了，可是早上對著鏡子梳頭，竟對自己很陌生；怎麼還是清湯掛麵的學生頭？唉！畢竟國中剛畢業一個多月，才足十六歲呢。

我學同寢室的女孩把藍色的圓帽包在頭上，跟她們去上班。八點是交班的時間，一群一群包藍帽子穿暗紅夾克的女工從各棟樓上的寢室下樓來，到各工廠換班去了。其中間雜一兩個包白帽子和黃帽子的，聽說黃帽子的是指導員，白帽子的是班長，藍帽子的是作業員。

我跟人家進入刺繡廠，下班的人自動下班走了；上班的人自動站上崗位接下工作，在刺繡的大機械邊開始走來走去。

我正猶豫著要把自己擺到哪裏去，昨天那位戴白帽子，說話帶點愛嬌的班長來找我了。她帶我到機械的頭端，指著卡答卡答滾動，千孔萬洞的長卡片告訴我：

「刺繡機完全是自動的，卡片在操縱機械所繡的花樣，卡片上的孔就是花紋的圖案，每一支卡榫一鑽進卡片的孔，受控制的針就扎布一下。卡片有專門設計的人設計花樣，也有專門打孔的人照花樣打孔。這些我們可以不管，我們的工作是看機械穿線。機械上的針一斷了線，上面的警報器就一閃一閃亮起紅燈。叭叭響。這時妳就趕快找出是那一支針斷線，趕快穿上。穿上線恢復正常，警報器就不響了。妳要學的是以最快的速度找出斷線再穿上。」

班長帶我看機械上那排密密麻麻一扎一扎的針。她把一支針的線掐斷，果然警報器閃亮著紅燈，發出叭叭叭的叫聲；她拿一支小鈎子，很熟練的勾上斷線迅速穿過去，警報器的紅燈熄了，叫聲也停了。

班長帶我全廠繞了一圈，她一面指給我看一面說明。我不能完全聽懂她說的，但對作業過程已有了一點概念：花樣由設計室設計出來，用放大機放大六倍，再經打孔機打出卡片。刺繡機上下兩層刺繡，一部機每次上下兩層各入一疋布。當成品完成要下機時，女指導員猛吹哨子，把專門下布、上布、捲布的三名男作業工叫來，由他們爬上機臺去做，女孩子則幫忙拉布，以免被針劃破。原胚布繡完一尺半至兩尺，必須停機五分鐘，由男生捲下繡好的布，再開機械繡未繡的布。每疋布就是機械的長，有十五碼。繡完下機的成品，由專門運輸原胚布和成品的工人開車子推到初檢處進行第一次品檢。然後由繡補的女孩用針車繡補斷線的地方。初檢人員負責統計故障次數——斷線未繡之處，斷針弄破布的次數與油污等等——來核定機臺人員的成績，並藉以決定每塊布的繡補工資。每一個故障的繡補工資，在一年前為七分錢，目前為要挽救女工的流動性，提高為二角五分。

「因為繡補人員的工資跟操作人員的成績，都算故障數來決定；如果故障少，繡補女生工資低，全部跑光。因此有一次副廠長暗示初檢人員將故障數提高，使繡補人員工資增加。但這樣一來，影響了我們機臺人員的成績，大家怠工；上面要求得緊，下面不聽話，害得我這個當班長的管得哭了出來。甚至有一次繡補人員及機臺人員為了各自的利益吵起架，由叫罵到打架。」班長把我當做姐妹訴說著！我跟她相視而笑：「妳對工作要認真做，一有斷線或是斷針要馬上處理。」

「謝謝您，班長，我會用心學習，用心去做。」

「還有，要注意安全，有一次有一個女工要拿東西，腳踩上機臺的邊沿，沒踩穩滑進機糟裏，腳指整個被機械壓破，噴得滿地的血。她又不敢叫，倒在地上掙扎，人家看到把她扶起，她已暈倒啦。」

「結果有沒有殘廢？」我慌張的問。

「幸好，治好了，我們出來做工賺錢，第一要求安全。」

班長帶我回到原來的機臺邊，吩咐作業員王金菊教我。她巡視別的機臺去了。

我隨在王金菊後面，貫注一扎一扎的針，開始學穿線。

七月二十二日

學習了四天，我已能操作機械了，只是動作緩慢一點而已，相信再過幾天，就會很熟練。今天我獨自操作下層機臺，到了交班下來，腿和眼眶早已發痠，人也很疲勞，但是精神很愉快，我為自己能操作那麼大的刺繡機驕傲，為我操作的機械繡出各種高級的繡花布興奮；我有工作能力啦，我真的會賺錢啦！

下午有一位個子高高的年輕人帶他的朋友來參觀刺繡廠，他以我的機臺做示範，指指點點向他的朋友說明繡花機的原理、性能、操作方法，他說明的比我班長教我的還仔細。可能他是廠裏的幹部。

「這樣一部機械要多少錢？」他的朋友問。

「有西德的和日本的兩種，西德的六百萬，日本的三百多萬。」

「價錢差那麼多？」

「西德的故障率少，速度快，壽命長日本的一倍。日本的常會發生故障，速度也慢。」

「一部機械一天二十四小時的產品有多少？」

「要看刺繡的花樣，有的可生產十疋，有的可達二十疋，每疋的長就是機臺的長——四十五尺。」

「價錢怎麼賣？」

「我們廠的繡花是外銷，每碼從美金五元到七點五元。不同的質料、不同的花樣，價錢不相同。也有每碼二點八到三點五元美金的。」

「這樣一部機械一天可賺多少錢？」

「每天大概可以生產臺幣三萬五千元到四萬元的布。扣掉原料、消耗、人工、雜費、機械折舊，約可淨賺新臺幣一萬元到一萬五千元。」

「喔！那麼好賺？」

「是啊！你如果有錢，可買幾部來設廠。」

「我哪裏來這麼多錢買機械。」

「我們老闆常誇口說：他錢賺錢像水崩山；我們拿他薪水的，人賺錢像龜爬壁。我們賺工錢的，永遠不敢做這個夢，永遠是人賺錢龜爬壁。」

他的朋友搖搖頭，指著我問他：「像她們作業員，一個月賺多少錢？」

「兩三千元。」

「跟老闆的機械賺錢比差得太多啦！」

「有什麼辦法！」

「市場沒有問題吧？」

「目前臺灣這種機械大概不會超過六十部，我們供不應求，訂單有的都不敢接，生產不出那麼多。」

「你們廠一共有幾部這種機械？」

「道樣一棟廠房安裝六台，有五個廠房；一共有三十台。」

他們邊談邊看機械的繡針繡布，他還故意把線掐斷，讓警報器閃著紅燈叭叭響。

「小妹妳來幾天了？我沒有看過妳。」他問我。

「前幾天來的。」我說。

「做的習慣嗎？」

「還可以。」

他們打開廠房的門出去了。

「那個帶人來參觀的，是哪一個廠的人？」我問旁邊機臺的女孩。

「他叫黃宿嘉，大學畢業，在我們刺繡廠辦外銷。他出去那個門就是刺繡廠辦公室通廠房的門，他在裏面工作。」

我算了算三十部刺繡機，一天可賺三十多萬到四十五萬，我驚訝地伸伸舌頭。在我想像中，中愛國獎券是最容易發大財的事，現在我才知道世間有這麼容易發大財的人；老闆光刺繡廠就等於一天中一張特獎愛國獎券，別的廠不用說。

晚上我第一次寫信回家，告訴父母我的工作情況及我聽來機械賺錢的事，我說我家如果有一部這樣的繡花機械，一個月的收入就等於中一張特獎的愛國獎券。

七月二十五日

午飯，餐廳的飯桶擠滿了盛飯的女工，我踩到了一個人的腳，她「啊——」的大叫，我倏地舉起腳轉頭看，我踩到的竟是一個只有我膈肢窩高的小女孩，她五六年級小學生的模樣，大約十二、三歲吧？怎麼會忽然鑽出一個小女孩呢？

「失禮，失禮！小妹妹，對不起！」

她兩眼幽怨的瞪瞪我，沒答腔，拿起飯匙盛飯，捧到牆邊她放菜的桌子坐下來吃。我盛了飯坐在她對面吃。

小女孩的臉孔沒有半點童真的笑紋，經過人生不少滄桑似的呆滯納悶。她為什麼沒讀國中而出來做工呢？也許連國小都沒畢業，是不是家太窮，需要她幫忙？因她讓我想起了妹妹，妹妹比她還高，吃飯有時還要吃不吃的，好吃不好吃地吵。如果像她國小沒畢業就夾在一兩千工人的工廠做工……我真不敢想像下去。抬頭看看小女孩，臉孔勞累的不像小女兒，假如不是留學生頭，可能像一個勞累的小婦人！

在上下班的工人群中，我發現夾有幾個類似她的男女童工，看到他們我會哽咽欲淚，聯想到需要他們小小年紀做工幫助的貧窮的父母跟破落的家。

七月二十六日

晚飯後沒有地方走，很無聊；上街要走二三十分鐘，懶得出去。我在我這一棟宿舍走了兩趟，探探每一間屋裏的情況。房間都是一律的，同樣是床鋪之外什麼也沒有。除了少數的幾個出去之外，大多數的女孩都坐在床鋪上閒談；上鋪的人坐在床鋪上還要爬上小床梯。下鋪的人歪斜著靠著棉被，頭上就是上鋪的床板，只可坐著移動，稍微伸上身，頭就會碰到上鋪。大夥兒就這樣在床鋪上挨時間！她們也不想利用時間看看書，我是喜歡看書的，但沒有帶書來，廠裏又沒有閱覽室。這麼大的一個工廠為什麼老闆不辦個小型圖書室給女工有看書的機會，培養讀書風氣，利用挨時間的空檔使女工看書來充實充實自己。大概老闆只想賺錢，從不為員工著想。

我下樓一個人繞各棟廠房蹓躂，這個有兩千個員工的工廠，除了一個簡單的網球場外，沒有半點福利設施。三三兩兩的男女工人沒處走，站在樓梯頭或廠房的牆角說話，他們大概在進行戀愛前奏曲吧。

福利社在廠內後角圍牆邊，是棉瓦蓋的簡陋矮房子，熱烘烘的，滿房子麵攤的油污煙氣。我坐下來吃了一碗刨冰，燠悶難受，有一些女工坐在長板凳上看電視，她們看得蠻有趣的。老闆賺那麼多錢，這個員工唯一消遣吃東西的地方，實在也該蓋好一點。

逛到辦公大樓前的花園，這裏是全廠最清爽的地方，圓環的磚堤上坐了一、二十個女孩，聊天唱歌，幾個二十歲左右的男工坐在對面搭訕。她們壓低聲帶唱著哀怨的失戀歌，唱得很愉快。這機械聲中的異鄉夜晚，她們低沉的韻律，給我的感受是一灣嗚咽的流水，潺潺流走我們這些少女被機械搾剩的青春。

七月二十七日

午餐，餐廳中間多了一桶肉燥湯，聽說是老闆（總經理）加的菜。也許是平時伙食差，油腥不足，大家捧著飯擠過去搶瓢根舀進碗裏攪飯，一下子一桶肉燥湯被舀光。後上的人有人望著空桶拿起瓢子故意敲空桶，有的故意用瓢子刮幾下桶底。

有人跑去告訴總經理，總經理來了，看看桶底，雙手叉上腰，兩眼發火，腮幫脹鼓地掃視吃飯的人。好神氣，三十歲左右的年輕人，那副表情就在暗示：你們這些工人，吃我的，為什麼不守規矩。我很難過，低頭嚼飯，偶一轉頭，身旁坐的是黃宿嘉，老闆瞪眼看人吃飯，他瞪眼看著老闆。老闆走了。黃宿嘉拍著桌子嘀咕：

「有什麼好看的，偶爾加一次肉燥湯神什麼氣。老闆都是吃我們的，我們每人每月扣三百六十元的飯錢，老闆說他貼伙食費給我們吃，鬼曉得。假如他貼了錢，伙食會這麼差？我看他不但沒貼錢，他每天中午在廠裏吃，廚房給他煮好菜好肉捧過去，那些好菜好肉都是揩我們的油，吃我們的。」

「我們每月扣三百六十元伙食費？」我問。

「早晨兩元，中晚每餐五元。」

「一個月只扣三百六十元伙食費，老闆如沒貼錢，難怪伙食不好。很多在工廠工作的女工，都比在家時瘦，可能都是伙食差，營養不足。」坐在對面的一個女孩答腔。

「為什麼不多扣一點，辦好一點。」我說。

「薪水低，老闆不敢扣多。」黃宿嘉說：「扣少他也可自誇：我給你們扣很少的伙食費，你們的伙食費我貼不少錢。」

「我看能按照所扣的伙食費辦理已經不錯了，買菜的人不會再揩一點油？」對面那個女孩說。

「慈月！」我看見慈月在左邊的餐桌上吃飯。

「清蘭。」慈月把菜盤捧過來跟我坐同桌。

慈月兩頰清瘦了很多，包藍帽子，也穿工作服，土女工一個，與原來清秀的她判若兩人。

「我一直在找妳，都找不到妳。可能我們輪班的時間不同，不同時間吃飯，所以在餐廳都沒碰上。」

「我也在找妳，我在紡紗廠。妳呢？」

「我在刺繡廠。妳做得習慣不習慣？」

「紡紗廠棉灰到處飛，又沒有口罩戴，好難受。」

「妳們做過幾年後，開胸解剖，肺部一定都是棉屎。」黃宿嘉說。

「那老闆為什麼不買口罩給我們戴？」我問。

「他們算盤打得很精，假如一個女工一個月用一個口罩，一個十塊錢的話，兩千個女工一年就要二十幾萬。這種暴發戶老闆，不管女工會不會得職業病，一年二十幾萬省下來，也是一批可觀的錢。」

「菜不好，我吃不習慣，經常跑去福利社吃麵。」慈月說。

我帶慈月到我的房間去，然後跟她上她的宿舍。她給我介紹了紡紗廠十幾個同鄉的女工，雖然沒有交情，一認起同鄉，有他鄉遇故友的親熱。

「我們那十幾個同鄉的女孩，她們都嫌薪水低，做這種工沒有什麼前途，想到別的工廠去做做看。」慈月送我回來時跟我說。

七月二十八日

下午交完班洗好澡，宿舍西照日，屋裏晒得蒸發著烤餅的烘熱；我下樓在辦公大樓的樓蔭下乘涼。樓前的陽台下，放三部並排的轎車，乳白色，金黃色；靠右的是銀灰色的大型轎車，光潔發亮，氣派高貴。有一個十六七歲著工作服的女工，倚在車身，羨慕地撫摸它。她手髒；又有汗水，摸過的地方印上一道一道霧濕的髒痕。這時一個派頭昂揚，六十歲左右，白胖白胖的男人，從我面前走過要彎進辦公室，他走近車邊，駐腳瞪眼看摸車的女孩；她抬頭看有人瞪她，縮回手轉身看旁邊。

「妳怎麼把我的車摸得這麼髒？」

女孩垂下頭。

「雙手發癢不會去磨壁？」

那人走上前手指戳到她的額頭，女孩畏懼轉身走離他。

「跪下。」

他發威命令：「跪下！」

「跪下！」他手指著地，一步一步迫上女孩。

女孩不得不停腳轉身面向他，兩眼哀求地望望他。

「跪下！」他堅決命令。

女孩膝蓋彎曲，緩緩下跪，頭低垂得下顎抵著胸口，兩頰羞紅。

「以後再這樣不懂規矩就把妳開除掉！」

我偏過頭，不好意思看；對面黃宿嘉站在刺繡廠辦公室門前，雙手叉腰，狠狠地瞪著罰女孩跪下的男人看；男人被瞪得不好意思，打開車箱拿出一塊布遞給女孩。

「起來！把摸髒的擦乾淨！」

女孩站起來接過布，悶聲掉淚，擦她摸出的髒濕的手印。男人進入辦公廳了，女孩勾著頭啜泣。

「不要給他擦啦！」黃宿嘉大步奔上來，拉著女孩到大樓後面，我跟著他走。

「那個人是誰？怎麼那麼兇？」我問。

「我不知道。」她泣不成聲。

「他是董事長，總經理的父親。」黃宿嘉說：「不要哭了，妳原諒他是個暴發戶，不懂得愛惜員工。妳還國中畢業，他只讀小學，妳的教養比他好，不要哭了。」

女孩擷起衣角擦乾淚，向黃宿嘉道謝，垂著頭回她宿舍去了。

我慶幸這件事不是發生在我身上，假如發生在我身上，我很可能羞慚得跳樓自殺！像這種事也無從注意起；每一個人都會那樣羨慕地摸摸車子的小事！就算她歹運吧！

「你說董事長只讀小學，那他怎麼能經營這麼大的工廠呢？」我問。

「我的意思並不是說讀什麼學校才能做什麼事，也不是看不起他只讀小學。我的意思是，董事長工廠開得這麼大，對員工的觀念還把員工看成下人，看成奴隸，自己高高在上，像他對那個女工，這種土財子的大老闆氣焰實在要不得。」黃宿嘉已經不那麼生氣了。

「他哪裏來這麼大的本錢，開這個工廠？是不是他們祖先就是有錢人？」

「他原來是個種田的農夫，八九年前，針織業在臺灣剛興起，他把他所有的四五甲地賣掉，再招一些親戚入股，就這樣開起左邊那兩棟矮房子的針織廠，只有一百多個工人。起初兩年不會經營，虧本虧得幾乎要倒閉。後來從日本請人來經營，日本人經營了兩年，為他打開外銷路線，管理也上了軌道，就還他自己經營。以後他們股東的兒子也大學畢業了，加入當起經理、總經理，賺了錢買下旁邊的土地，那幾年針織業旺期，賺了不少錢，擴建廠房買繡花機設廠，又大賺特賺。然後又增設紡紗廠和花邊廠。從兩棟平房一百多個工人的小廠，發展到擁有兩千多個工人，十幾棟廠房大樓的大工廠，不過六七年的時間，真是錢賺錢水崩山。類似的暴發戶，佔了低廉工資的便宜，大賺特賺，他們只知道賺錢，不顧勞工法令，不為員工著想，這麼大的工廠沒有工會，又不按法令提撥福利金，實在應該想辦法來教育教育他們，讓他們對員工有一點企業良心。」黃宿嘉這個大學畢業的人，言下之意，似乎不甘為土財子做事的樣子。

「你也想辦法去開一家工廠吧？」我向他開玩笑：「你當了老闆，我去做你的工人。」

「就是嘛，我最近就常想要想辦法招股買機械來錢賺錢。像我們繡花廠，一部機械一個月可淨賺三、四十萬；一部機械的人員連設計人員、準備人員、繡補人員，算多一點，就算二十個人好了，一個月總共也只不過六、七萬元的薪水（多算一點），真是龜爬壁！憑良心講，我們繡花廠的女工，每月每人薪水發一萬元，老闆都還能大賺特賺。」

我聽得滿有趣地笑笑：「你趕快去開一家工廠吧。」

「我假如有能力開工廠，我一定高薪僱用女工，每年把所賺的錢分紅利給員工。我的企業目的在於造福員工；讓每個員工以薪水、年資或紅利入股當股東，是工人也是老闆；資本大眾化，賺錢大家分。我要做到『工者有其廠』，這樣才能達到民生主義的均富目標。」

他說得慷慨激昂，我抱著肚子笑：「不要吹，等你當老闆時，我看也是土財子的做法，暴發戶一個。」

「假如我不是土財子的做法，妳就要嫁給我是不？」

噯唷，怎扯離了譜。女工們都說：他們辦公室的男孩一找上我們女工，都想玩我們，吃我們的豆腐，且說話都很不客氣。我看他也犯了這種毛病，這個玩笑開得太不像樣了，我不理他。

「妳做得習慣嗎？」

「還好。」

「不習慣就捲舖蓋換別家，目前工廠需要女工龜爬壁讓他們水崩山的，多得很。不習慣就辭職，我可以給妳介紹別家。我看不慣暴發戶對員工的作法，最高興看員工到別家去，讓他們不得不提高薪水來留住女工。」

七月三十日

我跟同寢室和同廠房的女孩相處得很好，漸漸打入她們的生活圈子了。昨天第一次隨三四個女孩走二、三十分鐘的路，去逛鎮上的街道。

晚上菊芳和春英邀我在廠路散步。在籃球場邊的草地上，碰上兩個男孩子，菊芳好像跟他們很熟。

「上哪兒去？建山。」菊芳問臉上帶著微笑，看起來很老實的男孩。

「想找妳去凍露。」另一個穿緊身束腰綠底紅花襯衣的男孩答。他二十歲左右，留鴨尾狀的長披頭，褲頭掛在跨骨上，沒有繫皮帶；人不高，腰身卻顯得瘦瘦長長。啣著一支菸吞雲吐霧，臉孔生得不難看。

「妳新來的？」他問我。

「來十幾天啦。」

「什麼地方人？」

「屏東的田莊人。」

「登森請客，到福利社去吃冰。」菊芳向長披頭的說。

「不叫妳愛人請，叫我請？」

「反正就是你們兩個男的請。」春英說。

一人吃一碗清冰，步出福利社門口，春英說她有事先走，菊芳要我一起去散步。兩男兩女，從毛衣廠的牆邊漫步走上池塘邊黑暗的樹堤下。池塘有魚潑剌的跳水聲，圍牆外是田野，蟲聲唧唧。圍牆內是豬欄，養二十幾條豬，撿員工吃剩的飯菜給豬吃，豬屎再流入池中給魚吃；陣陣的豬屎味，臭死啦。

菊芳跟建山不知道走到哪裏去啦。廠房的燈光照不到這裏來，樹下很黑，身邊有一個男孩子，我慌張不知所措。長披頭挨近來牽起我的手。

「跟男孩子散步過沒有？」

我捽掉他的手走離他。

「我看妳還沒戀愛過，不知道戀愛的滋味。」

「我不會戀愛。」怎麼向他說這種話？真是無聊。

「我教妳。」他又拉起我的手。

「免你雞婆。」我縮回手，兀自走。

「來啦！我教妳。」

他猝然衝上來攬住我，摟入他懷中，嘴湊上來親我的嘴；我避開頭，他扳住我的頭硬吻，手插入我胸口撫摸；我狠狠抓住他的頭髮拉開他的頭，掃走他插入胸口探索的手，掙脫他的擁抱逃開。我跑到廠房燈光照亮的路，回頭看，他沒追來，鬆了一口氣放慢腳步用走的。髒死了！我一直吐口水；一種違背父母做壞事的罪惡感啃噬著心。口水吐乾了，還想吐口水。吐不出口水，一直要翻腹作嘔。

「清蘭！」春英在樓梯上叫我：「你們上哪裏去啦？」

「他們上池塘的樹堤下，太暗了，我跑回來。」

「那兩個男的很壞。建山是菊芳的男朋友，不要看他很老實！上個月一個星期天的晚上，我們寢室的女孩除了我和菊芳以外都回去了。十點多，建山潛進來找菊芳，我睡在上鋪，他們不曉得是沒有看見我，或以為我睡了，建山硬脫菊芳的衣服，竟敢在我對面下鋪菊芳的床上搞起鬼來，我假閉著眼，看都不敢看；所以剛才走出福利社，我就溜走。」

「他們敢這樣？」

「我怎麼曉得！」春英又說：「另外那個留長披頭的，聽說好野；他在毛衣廠工作，有一次一個女孩推毛衣進去升降機要送上三樓。他幫她推一些進去，當升降機升到樓跟樓的中間，他把門打開，使升降機停住；那種送貨的升降機，門就是開關，門一打開就停住不動，樓上的人不能要它升，樓下的人不能要它降，他就在升降機裏面消磨那個女孩子。剛才我看菊芳是有意把妳牽給他，妳要小心。」

「那個女孩不會叫？」

「他就是看準她不敢叫！」

心房不停地跳著，我真不敢想像，它偏繞著妳想！也許這就是戀愛，戀愛就這樣子？歌仔戲演的，公子流落到千金小姐家的花園裏，兩人眉來眼去一陣子，就進入千金小姐的閨房同枕共帳！這就是戀愛？我不懂！那個長披頭的真的是太野了，連他的名字都還不曉得，就那麼粗暴。

我跟春英九點半回到寢室，她們都在睡覺。晚上輪到十二點交班的大夜班，還可以睡兩個多鐘頭。我躺上床，長披頭強吻的那一幕使我心驚眼跳，毫無睡意。菊芳回來時已十一點四十分了，她沒有上床，一個人悄悄的換上工作服，包上藍帽子。

「喂！交班的時間到啦！」她喊醒大夥兒，自己下樓去了。

交班時的喧嘩聲響起了；從廠房出來的回宿舍休息；從宿舍出來的進廠房接班。廠路上嘁嘁喳喳地走動著穿工作服包藍帽子的女工。

七月三十一日

輪大夜班剛三天，夜間工作，白天睡覺，還不習慣。今晚我輪到看守上層機臺，剛守上層機臺時有點怕；一尺多寬的走板，靠在離地一人半高的機械中腰；下面是機械，身旁一邊是機械，一邊是跨骨高的欄干。機械開動的隆隆巨響中，人就在板上走來走去，巡視機臺那密麻的刺繡針。起初兩三次，低頭看下面，自己宛如走在懸崖絕壁的小徑上，手腳會微微發抖。

今天白天睡不著，稍微閉上眼，昨晚那個披長髮，穿束腰花襯衫的男孩就浮上腦子裏！有點後悔；昨晚實在不應該跑，嚐試嚐試他擁抱、溫存、撫摸、親吻的滋味，也許那是難得的機會？也許一嚐試後果就不堪收拾，還是逃開好。

十二點交班，睡意卻來了，強忍了兩三個小時後，眼睛澀澀的，睜不開。閉上眼，警報器叭叭響，惺忪中趕緊找斷線的針，穿好線，醒了許多；覺得是寐了一下了，不知是走著睡？站著睡？或只是閉了一下眼睛而已？

看看錶，時間過得慢吞吞的，覺得已經交班工作好久好久啦，怎麼才四點半！這麼愛睏怎能熬到天亮八點交班。搖搖頭，用力睜開眼睛振作起來，睡意少了些；昨晚被強吻強摸的場景又在眼前了！假如不掙脫跑掉會變成怎樣呢？可能陶醉在他的摟抱中纏綿在一起。唉，髒死啦，昨晚一直吐口水，千萬記住娘的話，不要跟男孩子黑白來。

眼睛又澀起來啦，警報器叭叭叭叭……想睜開眼來找斷線的針，昏昏沉沉的，找不到是哪一支針斷了線，眼睛還是睜不開，半瞇著眼；叭叭叭叭……

啊，……

腳一踩空，頭向下栽，只覺一剎那的懸空下墜，人摔下撞上地……叭叭叭叭……

「清蘭掉下來！清蘭掉下來！噯唷！清蘭掉下來啦！」守下層機臺的瑞金驚慌的哭叫。

我掙扎著坐起來，耳朵唧唧響，頭暈眩發黑，眼前火金星閃爍，鬢邊癢癢的；伸手摸摸，血！血！

「救人喔！救人喔！」對面車臺的女孩跑過來。

有人扶我，暈眩漫上，黑影漫上，我暈倒了。

八月二日

「清蘭，清蘭！」

似乎有人在耳邊低聲叫我，眼睛睜不開，沉睡難醒；頭激烈抽痛，意識不清；靈魂在半昏半醒中游離。

「清蘭，清蘭！」有人搖我：「清蘭，妳醒來。」

我張開眼，凝聚精神才看清娘的臉俯對著我，淚水盈眶，滴滴答答掉在我脖子。屋裏全是白色的，旁邊跟對面，一張一張躺著人的床；這是醫院？娘什麼時候來？我動了動身子，娘壓住我的手說：

「不要動，在打針。」床邊一支鐵架上吊著一大瓶黃色的針藥。

「甦醒了！」爸爸從外面拿一包東西進來，娘說。

「那就脫離險境啦！」爸爸手拿他剛去換冰的冰枕，抬高我的頭換上冰枕：「現在感覺怎樣？」

「頭很痛。」我輕輕晃著頭呻吟。

爸問我掉下去的情形，我一說話頭就抽痛，娘阻止他再問。我閉上眼又陷入半睡半醒的昏迷狀態。背後躺得發熱，左翻不舒服，右翻也不舒服。

「醫生說：腦震盪，不要亂動，忍耐一點。」娘輕聲哄我：「妳暈了兩天兩夜，我們擔心死啦。」

「娘，你們怎麼知道。」

「他們打電報去的。我跟妳爸接到電報心肝都碎啦，兩個人分頭借了錢，請計程趕來，光車錢就五百元。」

腦震盪？什麼是腦震盪？我不懂，不過光是暈了兩天兩夜就可知道傷勢的嚴重；我摸摸頭，頭包著紗布！

「頭裂了一孔，縫五針。」娘說。

這下子可能要花不少錢，出來吃頭路，錢還沒賺到，就叫父母借債花錢，我真過意不去，淚水忍不住滾滾而出，娘陪著我哭。

「妳哭什麼？孩子在哭，大人也跟著她哭？」父親生氣罵她，娘咬牙忍著；拿毛巾擦我的臉，再擦自己的臉。

護士不時來量體溫、血壓，打針、送藥。時間在痛苦的煩躁中一秒一秒地挨。

家裏沒有人照顧，爸在傍晚時搭車回去，可能要到半夜才能到家。

慈月下班後來幫娘照顧我，她沒回去，坐在椅子上，伏在我的床沿睡，娘說她每晚都來。

八月三日

下午同宿舍的女工有十幾人來看我，她們大包小包帶來了水果和牛乳。人多沒有椅子坐，圍在病床站著向娘問我的病情。

「在工作中掉下機臺受傷，算是公傷，醫藥費應該由公司負擔。」春英說。

「前天她還沒醒，有一位黃先生來看她。他說他要向刺繡廠的廠長說，請廠長去要求總經理負擔一切醫藥費和公傷假。」娘說。

「民營工廠大部份不按規矩來，這要看老闆的度量啦。」

「這種事老闆都會推給勞保，妳來住院有沒有辦理勞保？」

「我不知道。」我說。我根本不懂什麼叫勞保。

「頭一天有一位事務課長來看她，說是總經理派他來慰問的，送來五百元和一包東西。」娘說。

晚上八點多，黃宿嘉帶我們刺繡廠二十幾個女工來看我，她們募捐了四千多元拿給娘。黃先生說我剛進廠，還沒辦理勞工保險的投保手續。就算辦理了，剛投保就有事故，勞保也可能不負責。公司方面，總經理說這是我自己不小心跌下的，公司不負責醫藥費，而且只能給三天不扣錢的病假，超過三天的假就不付工資。

「那醫藥費只有我們自己付啦？」娘問。

「這種暴發戶工廠，老闆都不遵守勞工法令；他們對員工，還是那一套舊農業社會的剝削觀念。」黃先生說。

「沒有人好為女工說話？」娘問。

「我們工廠老闆連工會都不給成立，有人要發起組織工會，老闆就把他辭職，不然就報警察局說是什麼思想有問題的不良份子，讓警察來叫去問這問那。沒有工會就沒有人要為工人向老闆爭取。」

「其實有工會也沒有用，工會的負責人大多被老闆收買，成為傀儡。」

「老闆如果不出醫藥費，我們大家都辭職。工資低，又沒有道義責任，幹得沒有意思。」

「要辭職就多邀一些人，同學、同鄉、朋友，大夥兒一起辭職。薪水低，沒有福利，到處做都一樣，沒有什麼好留戀的。」

我由衷地向她們道謝，對她們的盛情，不知要如何報答。

八月七日

父親今天拿錢來清醫藥費，辦理出院手續。住院八天一共花一萬二千元。想出來賺錢，結果反而使父親借錢來放人。

「爸！等我回家休養恢復後，再出來吃頭路，賺錢還這些債。」

「你們總經理的五百元和慰問品，拿去還他。我們不必收他這些錢和東西。」父親氣惱公司一點也不負責醫藥費。

回到工廠，父親在守衛室等我們，我帶母親上宿舍整理行李。寢室鎖著；我找舍監來開門，整個寢室空空的。

「她們在前天領了錢都辭職了，一下子三十幾個不做；女孩子就是這樣，要走，趕群結伴，整群的走，宿舍空了六七間。」舍監奧巴桑說。

我不敢到總辦公室去見總經理，上刺繡廠的辦公室找黃宿嘉，託他把總經理的慰問品和五百元送還他。黃先生陪我開門進刺繡廠向女工同事道謝。在廠工作的都不是去探我病的那些熟人。黃先生指著兩部沒有開的機械低聲說：

「刺繡廠兩天之內，有三十幾個辭職。廠長不讓她們辭，她們提著箱子就走。」黃先生擠擠眼笑笑：「總經理下令廠長研究她們辭職的原因。我不好意思向他說：『不用研究，去問呂清蘭』。」

「這兩部機械就因為她們辭職，沒有人操作，停止生產？」

「就是嘛，我看最少要停二、三十天；目前到處缺女工，要招到三十幾個不是那麼容易，招到了還要訓練。起碼要損失上百萬。老闆為了刻薄工人，不付妳公傷的醫藥費，引起更大的損失。」

我覺得這都是由我而起，一時內疚，臉熱心慌，頭隱隱抽痛，趕快上宿舍找娘。行李都整理好了，娘一手拎棉被，一手提衣箱。我們下樓來，黃宿嘉站在樓梯口等。

「這是妳的薪水。」他遞一個紙袋給我：「算算看。」

「不用算。」我笑笑，連紙袋上的金額都不想看：「龜爬壁，差一點賠掉命的零星錢，有什麼好算的！怎麼算也崩不了山。」

我沒有辦離職手續，黃宿嘉送我們到警衛室找父親。舍監追出來問：

「妳要不要再來？」

「最少要靜養一兩個月，等身體復原再講。」父親愛理不理的。

「身體好了後寫信給我，我給妳介紹別的工廠。」黃宿嘉說。

「我等你趕快自己開工廠當老闆，讓我到你的工廠去做『工者有其廠』的工人。」

「是工人也是老闆。」他笑著說：「妳等著瞧，我一定要為『工者有其廠』奮鬪，使它實現。」

步出廠門，圍牆到處貼寫毛筆字的紅紙：「急徵刺繡廠女作業員，待遇從優。」

（一九七六年六月十八日脫稿發表於聯合報副刊）

工廠的舞會

「向外說得很好聽：公司拿錢辦舞會調劑員工生活情緒。其實錢是大家的福利金；說調劑嘛，實在是我們出身體娛樂他們！」

庚棟三個樓長被舍監奧百桑召到她的事務室裏，奧百桑臃腫的身子一手拎過一把椅子來，湊了四把，四人圍坐在寫字桌邊。

「這個月的舞會星期六晚上開，輪到我們庚棟主辦。舞場的雜務工作要妳們三個樓長，帶每個房間的室長做。」

奧百桑如臨大事，慎重地說：「我們商量商量，分配一下工作。」

「開什麼舞會，不開也罷。」莊鳳媛細柔的聲韻裂出不屑的尖酸，端莊的臉上一雙丹鳳長眼望看對面的白牆。

「公司每個月辦一次生日舞會，是為了要調劑作業員單調的生活情緒。」奧百桑說：「妳不跳也不會叫妳參加。」

「向外說得很好聽：公司拿錢辦舞會調劑員工生活情緒。其實錢是大家的福利金；說調劑嘛，實在是我們出身體娛樂他們！」吳宜琴拉長了臉，眸子裏亮起不服氣的銳光。

「夭壽死查某鬼！妳出身體讓他們睏過了？」奧百桑手指戳到她鼻尖罵。

「奧百桑怎麼說得那麼難聽？」潘明玲拋過眼尾，睨了她一下。

「有什麼難聽？跳舞男的抱女的，女的抱男的；他們爽快妳們也一樣爽快；怎麼講妳們出身體娛樂他們？」

「奧百桑，宜琴說錯了，應該說我們出勞力娛樂他們。」莊鳳媛右腳疊在左腳上，手抱住膝蓋說。

「喔！妳們做一點服務的打雜工作，出了多少勞力？」

「我們要唱歌，要表演呀！那不是出勞力？」莊鳳媛問。

「我不跟妳講這些了，也不是妳在唱歌妳在表演，有興趣的人去報名，訓練一下表演給大家看。也不叫妳去挑擔子扛物件，妳出了什麼勞力？」

「我最討厭的是會場裏三四百個女孩子，任他們三四十個男人挑；十個女的配不到一個男的。尤其那些男人都是死會的，我們一個一個任他們左挑右揀，應該說是他們任意選我們娛樂。」

「有什麼辦法，公司請的都是女工嘛，為了怕出事，又規定不許向外面帶男伴進來。」

「我最討厭的是職員坐前面有桌子的座位，桌上有汽水、果汁、糖果、西點，吃都吃不完；我們女工擠在後面板凳上一個挨一個坐，什麼吃的也沒有。」

「不要說沒有。」莊鳳媛憤慨地挺直腰桿：「有時服務員或職員施捨似地丟一些過來讓妳們撿才是討厭。拿大家的福利金買的東西光是職員享受……。」

「噯呀！妳們三個樓長扯到哪裏去了？」奧百桑蹙眉打斷莊鳳媛說下去：「越扯越計較。他們是我們請來的客人，而且他們是坐辦公廳的職員，妳們是女工，凡事要有賓主大小之分。」

「喲！同樣是公司的同仁參加同樂舞會，也要讓他們享受特權啊？」莊鳳媛伸長脖子衝著奧百桑問。

「妳這個死查某鬼，怎麼沒大沒小；職員能多來幾個人，是我們庚棟舞會辦得好的光榮。」

「稀罕什麼！他們來與不來我們還不是女對女自己跳。」吳宜琴說。

「本來就是女對女。」潘明玲插了嘴。

「不要說啦。」奧百桑喝住她們：「我分配工作給妳們做：一樓樓長拿請帖去每一廠的辦公室發給每個職員……」

「我才不幹！過去我給妳發過，現在我不再是傻瓜了。公佈貼出去，他們要來就來，不來就算了。」莊鳳媛站起來揮手拒絕。

「我沒說完妳就插嘴？」桑百奧瞪眼罵莊鳳媛：「二樓樓長向宿舍經理領這次舞會要用的福利金去買香菸、糖果、汽水、西點。吳宜琴負責跟康樂小組連絡訓練表演的節目……」

「我有意見……」莊鳳媛打斷她的話。

「等一下再說，我想想還有什麼事……」奧百桑屈著指頭一項一項算：「星期六晚上八點舞會開始，妳們三個樓長五點下班就帶各樓的室長到倉庫搬桌椅到交誼廳擺好，佈置燈光設備，準備茶水，擺好糖果西點……」奧百桑停頓著想了想：「然後妳們樓長室長一共三十個，在會場待命，隨時做需要的服務工作。」

莊鳳媛挪近奧百桑，面對著她說：

「奧百桑，我的意見是取消職員的桌子；職員工人混在一起坐，椅子一律擺相同，不要連這種同樂會也有什麼貴賓座、職員座、工人座。然後每排座位前面平分放一些吃的喝的，大家公平享受，不要拿大家的福利金只有職員吃，我們女工乾瞪眼看他們享受。」

「有理！」潘明玲啪地鼓了一掌。

「我贊成！」吳宜琴用力敲了敲桌子。

「職員是我們請來的客人，買東西是請客用的。」奧百桑遲疑著：「如果他們都沒有人要來，妳們女孩子哪有男人抱妳們跳舞？男工又不多。」

「稀罕！」吳宜琴噘高嘴。

「女孩子抱女孩子還不是一樣跳。」莊鳳媛說：「電燈一熄三貼五貼的，反而被他們消磨了？女孩子跟女孩子才安全呢。」

「噯呀！妳這個女孩子越說越不像話，什麼三貼五貼人家消磨妳了？他們摸妳的乳了？妳自己要讓人家抱得那麼緊還說什麼？話再說回來，妳們還不是喜歡三貼五貼的；不然跳舞啥路用？」

「奧百桑越來越老不羞。」莊鳳媛笑罵道。

「妳還說呢，妳不跟葉錦堂三貼五貼的貼出了感情，他會三番五次打電話來，害得我整天接妳的電話接不完。他又追到宿舍來，還拜託我為他拉線。你們的事，我才不牽豬哥；這個舞會妳要熱心一點，對妳總會有收穫，他是大學畢業的，打燈籠叫妳找遍公司幾個廠都找不到的。」

「公司的男人交女孩子，一個甩掉又換一個，最賤了，稀罕什麼。」吳宜琴說。

「奧百桑稀奇，讓妳選回去做女婿好了。」

莊鳳媛站起來溜出舍監事務室。

「喂！事情還沒講清楚妳要走了？」奧百桑提高嗓門叫：「請帖妳要負責拿去各廠發喔。」

莊鳳媛不理她，逕自走到樓梯口，下了樓梯左轉進入走廊回到她的寢室，坐在床沿上發呆；奧百桑提起葉錦堂，使她心潮波動，陷入紊亂的矛盾中。

莊鳳媛參加過幾次公司的生日舞會，一次比一次討厭。一間不夠大的交誼廳擠三四百人，像春節臺北火車站擠沙丁魚的人潮。舞場上職員與作業員劃分的清清楚楚，尤其她無法忍受職員有桌子坐，座位上有享受不完的汽水瓜菓，女工擠在後面什麼也沒有，服務人員高興時，擲一些糖果過來讓大家撿。

已經一年多沒有參加過了，上個月她生日，生日的人在舞會上發有一份紀念品；她去參加了。表演結束後，舞會開始，她到前面領了紀念品，就被葉錦堂發現，笑著攔住她說：

「妳好漂亮，我們跳一曲。」蠻自信的神情，好像他要邀妳跳舞是他賜給妳天大的光榮。

「我不會。」

「我教妳。」

葉錦堂左手撐起她的右手，右手環腰而抱，隨著音樂唸「碰切切」、「碰切切」；「一二三」、「一二三」，帶著她來回踏三步的三角型。她會裝不會，被帶了幾次後興頭跳出來了，兩人腳步配得蠻準的旋轉起來。

「這支舞叫華爾滋，鼓聲是碰切切、碰切切。」他面對著她一拉：「三步踏三角型。」過了一會，音樂轉成悠柔的布魯斯，美術燈的白光熄了，舞池沉入暗藍的幽光中，葉錦堂過來又是滿自信的摟起她旋入舞池。

「我不會。」莊鳳媛推開他。

「我帶妳跳就會。聽碰切碰切的鼓聲踏四步。」他帶她轉入一對一對的空隙裏。

葉錦堂也不顧慮她同不同意，一把摟緊她，胸頂胸，胯骨貼住胯骨，腿緊貼她的腿襯著跳。過去幾次她都跟女孩子拉著亂扭亂扭。頭一次被男人抱緊全身印在一起，血液活絡，每個毛孔都有輕飄飄的怡悅感。她醉了，忘了自我，整晚人不由己，任他拉著在舞池中瘋狂地跳跳扭扭。

散了場，她喘喘氣，享受了一晚的興奮。

「妳住哪一棟宿舍？」葉錦堂送她出來。

「庚棟。」

「第幾室？」

「一樓三室。」

「在幾廠工作？」

「二廠品管部。」

「明天晚上我帶妳去看電影。」他充滿信心，像明晚她會無條件隨他出去似的。

她楞了一下，舞會忘我的興奮被風一吹，醒了！夜路昏暗，工廠夜班的機械聲隱隱可聞，腳踏的是現實世界；他滿臉神氣，一股優越感，使她忽然覺得反胃。

他向她揮手，她不睬他，衝入寢室裏。

可能是廠裏的女孩子多，男人少，他又是一個職員，任他看上哪個，那個就受寵若驚，養成他們這類男人的跩氣。莊鳳媛想殺殺他的威風，當他來邀她去看電影時，她溜到餐廳躲著。從餐廳窗口窺伺他失意的走了，她湧出一股勝利的快感。

回到寢室，同室的女孩七嘴八舌圍上來，羨慕中帶著嘲諷：

「莊鳳媛，葉錦堂對妳有意思喔，妳怎麼跑去躲起來，害他站在樓梯邊傻等半天。」

「他是大學生呢，又是職員。莊鳳媛，好好抓住他，這是天賜良緣。」

「我要嫁路邊的乞食羅漢，也不嫁公司裏這些自以為了不起的臭男人。」

莊鳳媛攀住床梯，爬上上舖躺下來，側身拉下棉被攤開來蓋上，更顯出她看不起公司裏的男人的樣子。

葉錦堂竟像強力糊，一連粘她幾次，她都逃開了。

有時冷靜想想，也有點後悔，如果葉錦堂不帶那副使她討厭的優越感，倒是一個理想的對象。大學畢業，個子夠高，談吐也風趣，可是總難辨別他是動了真情或只是好玩的。大部份公司的男職員看不起線上穿工作服的女作業員；女作業員對他們也不懷好感，彼此都很自量，界線分明，還沒有聽說過有男職員娶女作業員的，玩玩倒是常事，最後棄而去之。連女職員對作業員也是態度高傲，眼睛長在頭頂上，不可一世的樣子。有的由裝配員調入辦公廳辦事務，一坐上事務桌，身價百倍，對以前的同事也形同陌路。女職員的程度也只不過是初中至高中，可是他們在舞會上坐的是有吃有喝的職員座。

「我也是高中畢業的，要本姑娘去服務他們，免談！」莊鳳媛走出寢室，會同潘明玲和吳宜琴去遊說各室室長：「舞會的服務工作，都是奉承職員、服務職員的；為我們女工服務還差不多，我們沒有為職員服務的義務。」

三個樓長已有默契，舍監奧百桑幾次要莊鳳媛去發帖子，被她婉拒了。潘明玲也拒絕去領錢買東西，吳宜琴對連絡訓練表演節目的事不理不睬。

「妳們三人真的一點服務精神也沒有。」奧百桑再度召集三人來，一見面腮幫鼓得脹脹的：「舞會各棟宿舍輪流主辦，服務工作是各棟樓長應該帶各室室長做的，妳們三個樓長都該罷免掉了。」

「奧百桑，不是我們沒有服務精神，只是要妳接受我們前次提出的意見，取消職員座，大家平等混在一起坐，吃的東西一起享受，這樣才有同樂的意義。」吳宜琴說。

「還有一點，開放讓大家從外面帶親戚朋友來，多邀一些男伴來參加。」莊鳳媛說：「這樣可讓彼此多認識一些朋友，調和陰盛陽衰的場面，使公司裏的臭男人不會那麼神氣。」

「幾年來各棟都這樣做了，妳們哪來這麼多新花樣。」奧百桑生氣嚷著：「從外面帶那麼多野男人進來，出了事誰負責？女孩子跟女孩子也可以跳，妳們真的那麼騷要男人抱著跳？」

「奧百桑怎麼講的那麼難聽？」

莊鳳媛眨眨眼作暗號，三人一起溜走了。

舞會這晚，莊鳳媛吃過晚飯在餐廳約好潘明玲和吳宜琴不要回寢室去，讓舍監找不到她們三個人在廠房後面迎著黃昏的陽光蹓躂。天晚後，莊鳳媛建議躲進交誼廳邊的木瓜園偷看晚上的舞會是不是開得成。

莊鳳媛在灰暗的木瓜園裏，從交誼廳窗口望進去，舍監奧百桑指揮著臨時拉來做雜碎工作的女孩子們擺桌子、倒茶水、分糖果，一切依照老樣子做；職員仍坐他們的職員貴賓座，女工還是擠在後面。

「我們不要進去，到廣場去走走吧。」吳宜琴在前面引路。

莊鳳媛跟在潘明玲後面，繞過交誼廳走到靠廣場的左邊。舞會的表演節目開始了，學歌星姿態的金慧英在台上載歌載舞。臨時拉來的服務員把剩下來的糖果餅乾丟給後面的作業員接，莊鳳媛不禁傷心起來，那幾個人以前曾經埋怨服務員看不起女工，丟糖果給她們撿；現在換她們當服務員，她們也一樣丟給女工撿。她們是多年媳婦熬成了婆，做了婆婆後，一樣以婆婆的慣例來虐待媳婦。公司過去幾年的耶誕晚會，耶誕老人對女工又何嘗不是戲謔性的丟擲；這是不變的慣例所形成的行為吧？而這慣例養成牢不可破的觀念從何而來？

至於對職員的特殊禮遇是各棟舍監的老習慣，沒有不一再叮嚀服務人員這樣做的；而舍監又如何有這種觀念呢？受了指示？不可能吧？傳統重士輕工的觀念？無形的壓力？

「莊鳳媛，妳在想什麼？怎麼不到裏面去，在這裏發呆？」莊鳳媛從沉思中驚醒，葉錦堂什麼時候來的，他微露白牙笑著向潘明玲、吳宜琴打招呼。

「我們進去跳舞，請！」葉錦堂擠眉聳肩裝鬼臉，右手向前一比劃，左手按腹彎腰行禮。

「我不要。」莊鳳媛撇過頭走開。

吳宜琴跑著追上來，她們向廣場並肩走去，潘明玲卻沒有動，莊鳳媛看葉錦堂沒跟上來，覺得奇怪，回頭一望，看見後面的一男一女面對面站著，交誼廳窗口射出的彩光下，潘明玲向葉錦堂拋媚眼，兩人脈脈相視。

「我們進去跳舞。」葉錦堂邀潘明玲。

他們肩挨肩慢慢移向門口，走了沒幾步，葉錦堂伸手攬住潘明玲的腰。莊鳳媛扭過頭，踩上鬆軟的草地。和交誼廳一比，廣場幽暗無比，她心頭一陣刺痛，挨近吳宜琴，伸手搭在她肩上走。

「他們認識？」莊鳳媛小聲問。

「過去幾次舞會裏，他們跳得很親暱。」吳宜琴低聲回答。

「走歸走，不要這樣嘛。」

莊鳳媛與吳宜琴不約而同地應聲回頭看；潘明玲的手抄到腰後挪開葉錦堂的手。音樂震顫著溢出廣場，燈光紅藍綠紫、紫綠藍紅閃閃幻幻打轉著，潘明玲跟在葉錦堂後面進入舞場。

（一九七七年六月發表於中國時報副刊）

自己的經理

「他們說妳工作不小心引起爆炸，公司把妳解僱了，妳跟公司已脫離了關係，他們不負這個責任。」

（一）

偉順電子公司蝕洗房上小夜班的廖太太，深夜中手帶污黑的厚手套，將玻璃鑪裏的硫酸分裝進小瓶子裏調配。她做的是蝕洗工作，整年與硫酸、硝酸、冰醋酸、氫氯酸、磷酸等，及一些化學藥品為伍。酸由鐵桶中抽到高塔，放入鑪裏，再分倒小瓶子中配酸，然後移入震盪器蝕洗矽晶體等材料；材料經酸處理後，進入烤爐烘乾，再送至生產線加工。

當她調配到其中的一隻瓶子時，硫酸一倒進去，立即沖上濃煙，臭氣嗆人。她捂住嘴咳了幾聲，瓶子裏唧唧滾滾，濃煙越冒越黑，辛辣嗆鼻的燒屍焦臭使她呼吸困難，眼淚直流；胸口一陣一陣逆氣窒塞，呼吸要張嘴用力喘；一連串的咳嗽，捂嘴的手伸上大拇指和食指捏住鼻孔，張嘴捂著呼吸；眼睛睜不開，人像要暈過去，她一時慌亂，咬齒閉嘴禁止呼吸，伸手到桌上找瓶蓋，淚眼模糊，看不到瓶蓋，摸了幾下才摸到。

「趕快跑，趕快跑！」在靠牆那邊同室工作的三男一女捂住鼻孔衝出來向她揮手。

「跑開！跑開！」他們衝出門外在外面叫：「跑出來！不管它，快跑出來！」

濃煙瀰漫得看不清瓶口，她正想跑出去，又向冒煙的地方摸了一下，旋上蓋子，黑煙停冒了，極臭使她一直窒氣咳嗽。她抓了一本書搧開黑煙，煙霧下，瓶裏冒泡翻滾，她驚駭了！頭重腳輕，站不穩，硬撐著……跑、跑，兩腳乏力抬不起來。

碰！

「啊——」

瓶子爆炸震響的剎那間，她一吃驚張嘴大叫，硫酸噴進嘴裏吞了進去。像炸彈爆炸，滿屋子浮游黑糊糊的濃煙，極臭嗆得她窒息倒在地上。

「爆炸！」

「爆炸！」

線上一群穿黑藍夾克式工作服的男女工人衝出來跑到蝕洗房來看，臭氣嗆得沒有人敢進去，一個一個捂住嘴，退到風頭臭氣少的地方望著冒煙的門看，有兩三個揑住鼻子在門口探頭張望，然後奔開來大叫：

「拿一隻電扇來打煙出去。」

「廖太太暈倒在地上，叫組長來。」

電扇放在門口，電線從窗口穿進來插隔壁廠房的插座，濃煙和臭氣漫漫搧出窗外飛掉了。

組長拉了兩個人禁氣衝進去抬出廖太太來，她軟酥酥的，沒有一點知覺。

「誰去喊一部計程車，送到醫院急救。」組長命令。

「我們這裏是郊外，這麼晚了哪裏去喊計程車？」

「誰騎摩托車到街上攔一輛來。」
「半夜了，醫院有沒有醫生呢？」
「外科急診，有的。」

（二）

經理室，地毯青褐花紋相間，女秘書埋頭處理文書工作，凌宏漢經理坐在墨綠落地窗簾前，高背波麗絨的迴轉椅上，聽取顧組長報告。

「為什麼硫酸會爆炸？」凌經理略轉一下椅子，面對坐在桌邊的顧組長。

「可能配酸時，沒有注意到，那隻爆炸的瓶子中有酒精或是有機溶劑。酸這一類化學藥品，一混上酒精或有機溶劑，一下子就冒出極臭的濃煙，嗅到會窒氣。」顧組長側坐面對經理解釋：「如果通風不好，很容易爆炸。從撿到爆炸的那隻瓶頭來看，瓶口加了蓋；可能一冒煙，廖太太慌張了，拿蓋子旋上，氣冒不出來爆炸的。」

「你昨夜送她去醫院急救有沒有通知她先生？」

「通知了，都是她先生在醫院照顧她。」

「傷的嚴重不嚴重？」

「爆炸時，她嚇著了，張嘴驚叫，有一些酸噴進嘴裏吞進去。」顧組長張開嘴巴表演：「灌腸後照X光，肺和腸胃有些灼爛。醫生又說，她中化學藥品的有毒氣體，毒氣吸進肺裏，經血液循環到腦部，使腦細胞受到傷害失去知覺，要經過一段長時間的治療才能恢復。」

「現在還沒醒過來？」

「醫生說可能要好幾天才會醒。」

「醫院保證金誰繳的？」

「辦勞保住院不必保證金。但是勞保醫藥費有限制，普通藥品花勞保的，高貴藥品要自己負擔。」

「唉呀！她怎麼那麼不小心？」凌經理煩躁地嘆著氣：「你看她要多久才能康復？」

「醫生說可能要好幾個月。」

「那要給她公傷假，薪水也要照付了？」凌經理嘴唧了唧：「這是她自己不小心，應該她自己去負責。」

「她是公傷，公司應該負責勞保不能負擔的醫藥費，給她公傷假照發薪水。」顧組長不太敢說，聲音壓低了半截。

「她自己不小心，公司不能負這個責任。」凌經理詞嚴聲揚。

「是。」顧組長站起來告辭。

「明天我去看看她，你不必管這個事了。」

「好的。」顧組長回頭答。

「還有……」顧組長走回桌邊，凌經理向他說：「這個事不要說出去，不要讓廠長和總裁曉得，上面知道了我們成績不好，這部份我們自己處理就可以了。」

「有些同事要發起募捐，拿一些錢去看她。」

「叫他們不必了，這樣反而宣揚出去使全公司都曉得。」

「是。」顧組長返身推開門走出經理室。

凌宏漢隔天早上上班後，帶了一個照相機開車來到德生外科醫院，他問明了廖羅淑燕的病床號碼後，來到三等病房找到廖太太的病床。

她仰臥著，露在白被子外面的臉似乎是沉緬在酣睡中。

「她還沒醒？」他問病床邊照顧的婦人。

「醒了就不必擔心了！」婦人站起來把她坐的椅子挪給凌宏漢：「您坐，先生是她們公司的同事？」

「妳坐妳坐！」凌經理客氣地推讓椅子：「我是她那部門的經理，來看看她，妳是她親戚？」

「我是她鄰居。」婦人站著，又挪椅子請凌經理坐：「好可憐，賺一天吃一天的人。她先生在纖維廠做工，賺不了多少錢，下午五點下班就匆匆忙忙趕回來，廖太太把孩子、家務交給先生去做，趕到你們電子公司去上五點四十的小夜班。夫妻倆好勤儉，她受傷後她先生請了兩天假，今天不敢再請假了；我們是好鄰居，託我來照顧她。」

「妳好好照顧她。」凌經理手插進西裝的裏袋掏出一疊錢：「我這五千元給她做醫療費，妳替她收下來。」

「謝謝您，先生！不，應該叫您經理；謝謝您，經理。」婦人連鞠幾個躬：「他家窮，他先生一定會感謝您。」

「我給她照一張相。」

凌宏漢拿回婦人手上的錢，把廖太太的右手挪出被外，五千元放在她的手心上，拗彎她的指頭握住錢。指頭不聽擺佈，伸開了一點。凌宏漢幾次讓她握緊攥住錢，她又半伸開了；彷彿不會畫畫的人畫手拿東西，指頭怎麼畫也與東西不密貼。他打開照相機，瞄好鏡頭，卡喳，鎂光燈閃亮了一下，病房裏的病人和照顧的人，都看著他在照相。

「妳收起來。」他把錢再交給婦人。

「我回去了。」他裝好照相機揹上肩：「妳好好照顧她。」

「謝謝您，經理。真感謝您！」婦人送他到門口，鞠躬著千謝萬謝。

（三）

從纖維廠下班，廖石清騎在腳踏車上，加足腳勁踩，轉到菜市場買完菜，趕回家來，讀國小六年級的女兒已洗米在煮飯了。讀國中的大兒子還沒回來，國小四年級的女兒和二年級的兒子吵著要到醫院去看媽媽。

「媽媽受傷暈迷，你們不能去吵她，在家聽姊姊的話，爸爸趕快煮飯給你們吃，好去照顧媽媽。」

他幫大女兒煎好魚，煮了一個湯吩咐她招呼弟妹吃飯，自己騎車上醫院；前天深夜一點多，電子公司的人來通知女人受傷，看她暈迷不醒，幾天來一直悔恨自己無能養家，讓女人在自己下班後去偉順電子公司上小夜班，工作到深夜十二點四十才回家，賺一些貼補家用。在女人受傷之前，他還不知道她做的是用硝酸、硫酸、這個酸、那個酸的化學藥品做蝕洗的工作。只是不時聽她說皮膚沾上一兩滴酸，微紅燒痛；看她塗塗藥膏，過幾天結層疤就好了。她受傷以後，才聽了一些這種工作的危險性：每天與酸接觸，對肝功能有害，也會污染呼吸器官；每年必須檢查一次身體，做了這許多年，也不曉得她有沒有檢查過。聽說通風設備好的工廠，這種工業病比較少；人家還說，別家公司有一個老頭，因為做這種工作得了肝病，公司賠他三十萬元進入大醫院治療，最後還是死了。他真怕女人會治不好，那留下四個孩子怎麼辦？

一到病房，幫忙照顧的吳太太拿一疊錢給他。

「早上他們經理來看她，帶這五千元來。」

「公司給的，或是她們同事募捐的？」

「我也不知道，他說要給她做醫藥費。」

「留著買勞保不能負擔的藥。」他覺得很安慰，三天來勞保不能負擔，自己付錢買的藥，已買了三千多元。

吳太太交代完應該做的事，回去照顧她的家了。他很感謝這位好鄰居，同情他，白天來替他照顧女人，讓他去上班。

「淑燕，淑燕！」他坐下來俯在女人耳邊搖著她叫：「淑燕，淑燕，妳醒醒吧。淑燕，淑燕！」

女人依然不省人事，臉龐消瘦了許多，額頭、顴骨都浮起來了。只靠打葡萄糖和營養針過日子，屎尿都拉在褲子裏！什麼時候才能醒過來呢？

「淑燕，淑燕！」

（四）

廖石清請了假騎腳踏車到偉順電子公司來，在守衛室登記完，順便問明人事課在哪兒。找到了人事課，冷氣辦公廳，落地淺黃色微浮花團的窗簾，三列整齊的辦公桌，事務員都埋頭在寫字。他進去，他們視而不見，他躊躇了一下，隨便問明了辦勞保的人是哪位，走過去彎腰點頭。

「先生，您忙，我是你們公司蝕洗房硫酸爆炸受傷住院那個廖羅淑燕的丈夫，已經月底了，醫院要我換勞保住院單。」他遞上太太的身份證、服務證和印章：「拜託先生開一張讓我拿去醫院辦手續。」

承辦人是位三十幾歲的人，翻了翻服務證說：

「你太太跟公司已經脫離關係了，我不能再開勞保住院單給你。」

「怎麼脫離關係了？她受的是公傷，你們公司應該負責醫藥費的。我這裏還有六千多元勞保不能花的醫藥費收條，要麻煩您申請錢呢。」廖石清在褲袋裏抽出皮夾子，打開拿出幾張收條給承辦人。

「你太太受傷，凌經理已經拿五千元去跟你們解決了。」他打開抽屜拿出一張照片：「你太太手拿五千元，都有照片為證。」

廖石清看著照片若有所悟，原來那五千元就是這麼一回事。

「五千元不是員工們募捐的嘛？」他驚訝了。

「誰去募捐啊？那是公司給你們的醫藥費。你太太自己不小心受傷，公司花五千元給你們，已經對你們夠好了。」

「那她的病還沒好啊？現在還時常頭痛，一天暈迷幾次，人都還沒完全清醒，肺和胃的爛孔還要一段時間才能治好。」廖石清低聲下氣，向他點了幾下頭：「拜託您再開一張勞保住院單，讓她再用勞保住院治療。」

「這個事已經解決了，再住院那是你們自己的事。」

「勞保住院是她參加了勞工保險，花的是勞保的錢，也不是花公司的錢。你同情我是手面賺吃的人，哪有錢花這個醫藥費。勞保不能負擔的藥錢，真的不得已我們自己借錢來付，至少她住院的勞保單你要開給我。」

「公司已經把她解僱了，她跟公司已毫無關係，我怎麼能開勞保單給你。」

廖石清一時無話可答，滿肚子不合理的怨氣，卻想不出什麼話來跟他辯，只好一而再，再而三的叩頭求他，兩個人翻來覆去也是那些話，再加上他們同事間的幫腔，他更說不出理由。

他太太的服務證被承辦人收回去了。他失意地上醫院把經過情形告訴女人。

「那要怎麼辦？」女人躺在床上軟弱地含著兩泡淚水：「我看就退院回家吧，不然我們怎麼付得起住院費用。」

「傷還沒好，借錢也要借來花，妳不用擔心。」他望著女人拉被角擦眼淚：「你們公司公傷不負責？」

「我也不懂，你多問一些懂的人，我這種傷算是什麼傷？公司應該不應該負責？」

「他們說妳工作不小心引起爆炸，公司把妳解僱了，妳跟公司已脫離了關係，他們不負這個責任。」

「多問一些懂的人吧，看有什麼辦法行得通。公司真的把我解僱，我們也沒有辦法。」

廖石清逢人就敘述女人不幸的遭遇，到處問人有什麼辦法。聽他傾訴的人都憤慨地說：她們公司應該負責全部的醫藥費，和給公傷假。他答：應該是應該，公司不認帳，我也不懂法律，又沒有有力人士相助，實在是無可奈何。有人建議他去找林省議員，林省議員為人熱心，有事去拜託他，他都會幫人解決困難。

廖石清猶豫了兩天，他實在不敢去見省議員，但事逼在眉睫，火已燒到腳底了；他拉了一個比較會講話的同事，陪他來到林省議員的家，同事按了電鈴，稍停有人出來開門了。

「請問，這是林省議員家嘛？」廖石清卑屈地問開門的女人。

「是，進來坐，在樓上，我上去叫。」女人引他們進客廳，自己上樓去了。

「請坐。」林議員的拖鞋聲叭叭下樓來，在樓梯上就招呼他們：「有事嗎？」

「有事想拜託議員先生。」廖石清擠出一絲笑容。

「請坐。」林省議員粗壯的身體坐上單人沙發椅，把沙發椅塞得滿滿的。他拍拍身邊的長沙發椅示意他們坐下：「坐吧，不必客氣。有什麼事儘管講，我能幫忙就幫忙。」

「家裏女人發生一件不幸的事，林省議員一向熱心為百姓伸張正義，想拜託您幫忙……」廖石清說到這裏口吃說不下去。他還記得，為百姓伸張正義是林省員競選時大聲疾呼的話。

同事接下去把他要說的一五一十告訴林省議員，省議員哼、哼、哼，點頭專神聽著。

「……廖太太在工作中受傷，算是公傷，他們公司應該負全部的責任才對，但現在他們咬定已給她五千元，事情解決完了，她已經被解僱了，跟公司毫無關係，連勞保住院單也不開給她。」

「豈有此理！」林省議員手拍大腿，鐵喉嚨憤然直嚷：「真是豈有此理！奸商，奸商，嗳？嗳嗳嗳！那有這種草菅人命的廠商，老闆是誰？」

「老闆是外國人。」廖石清說。

「外國廠商比較注重工業安全衛生，他們比較有工業社會的思想；不像我們的廠商，完全是農業社會的舊觀念，員工受傷不負責。他們應該會負責的，怎麼會推諉不管？」

「我向他們求得只欠跪下去，他們勞保單不開就是不開。」

「如果他們不負責，當然不會開給你。開給你他們要負責勞保不能花的藥錢，還要給你太太療養期間的薪水；他們當然是一刀兩斷來得乾脆。」林省議員望著廖石清：「你在哪裏工作？一天賺多少錢？」

「在纖維廠烘襪子，一天八十五元，星期日、假日加加班，一個月領個三千出頭。要養四個孩子，所以讓女人去上小夜班賺一點來補貼。窮苦人，付不起醫藥費，拜託林議員幫幫忙，指引一條路。」廖石清連叩幾個頭。

「怎麼一天只賺八十五元？女工一天都有九十元。」議員仰起頭眼球打轉，顯然在想辦法。

「纖維廠卡愛女工，我們男工找頭路困難，去做女工的工作都比女工便宜，因為女工請不到，男工容易請。」

「這樣子。」省議員上身俯前向廖石清說：「我出面寫信通知工礦檢查處依法處理這件事，他們會去處理的。假如工檢處不處理，我再為你想辦抶。這件事告到內政部，告到行政院或是向法院都可以告他。」

（五）

偉順電子公司總裁羅伯特，陪工礦檢查處派來的三個人，檢查完公司五個廠的每間廠房後，陪他們在總裁會客室用茶。

會客室亮著宮殿式的美術燈，落地水青窗簾，左右兩邊泰國柚木的古銅色年輪花紋牆上，各排兩行公司的作業連環照片；窗簾對面的牆上掛一巨幅瀑布奔瀉的潑墨山水；繡泰國寺廟景色的地毯上，圍一組寬藍海棉墊沙發椅，四人相對而坐，深灰厚玻璃的長茶几上各人的面前放一杯咖啡。總經理向三個專員說明他公司工業安全衛生的各種措施。

「貴公司第一廠、二廠和五廠通風設備不好，希望能在短期間內改進。廖羅淑燕公傷的蝕洗房，應該加裝兩隻抽風機，工作時打開抽風機，好把化學藥品蒸發的氣體抽出。」

「我會交代下去，接受您們的建議去做。」洋總裁以生硬的國語，邊說邊想，一句一句咬得清清楚楚。

「廖羅淑燕是在工作中受傷，貴公司應該負責她的醫療費用，治療期間給予公傷假照發薪水才對；以後復原，也應該安排一個適合她做的工作讓她復職；這不知道總裁有沒有困難？」

「這是敝公司應負的責任。我到今天您們來檢查才知道敝公司有一位廖羅淑燕因為硫酸爆炸受傷。公司的公傷牌這麼久了也沒有掛出她的名字；她那部門的凌經理沒有把這件事報上來。我說公司推卸責任，她受傷就把她解僱，不負醫療費用和公傷假薪水，這完全是凌經理的主意，我毫不知情。凌經理是你們中國人，我不懂你們自己中國人經理為什麼對他自己的同胞這樣做？我不懂！」

（一九七七年六月脫稿，發表於台灣時報副刊）

陞遷道上

唉！世上大概再沒比這種拿別人的錢往自己臉上貼金的人更不要臉！林廠長，不，林理事長，以後捐款，別人的你去扣，我XXX的請不要扣，不是我不樂意捐，而是要自己捐。

（一）

登山郊遊的隊伍散散落落爬到半山腰，山勢略陡，荒草盡頭路徑縮小蜿蜒伸入樹林中。女孩子們三三兩兩進入樹蔭裏尋路往上爬。

「到這裏就好了，再上去恐怕有危險。」經理林進貴在後面叫。

女孩子們仰頭看看山頭，並沒有什麼危險的，一路縱隊在雜樹中行人踏出的小徑上往上爬，沒有人理會林經理。

「侯麗珊！叫妳的班員不要上去了。」林經理雙手捂在嘴上當喇叭喊。

侯麗珊離開班員回頭走，咕噥著林經理的權利慾未免太大了。在廠裏大家對他唯命是從慣了，連她們自己組成的登山郊遊也要管。

「這個矮山不會有什麼危險，她們要爬是她們的自由，業餘時間我們管不著。」

「那麼陡，太危險啦。」

「不會啦！」侯麗珊下坡奔過去：「經理參加她們的登山隊，應該跟她們一起爬上才對，怎麼爬到這裏就不上去了？」

「上去沒有什麼意思，妳也不要上去，跟我做伴在這裏等她們下來。」

跟他幾年同事，侯麗珊知道他很惜命，怕出車禍連摩托車也不敢騎。有一次在廠門口碰到她騎摩托車下班，攔住她搭便車。他跨上後座坐下來，侯麗珊開摩托車一飛馳，「不要騎那麼快、不要騎那麼快。」也不顧慮自己是一個男人，人家是未出嫁的小姐，慌張地抱住她的腰，越抱越緊，使她又羞又氣，動彈不得，只好剎住車說：「經理放鬆一點，我喘不過氣了。」

「那妳要騎慢一點，女孩子怎麼騎這麼快。」

「我這八十CC的女車，跑起來只不過是四五十，你沒有坐過人家騎兩百五十的，一奔就是七八十的啊？」

她加油起動，他又緊抱住她的腰。她發覺他是半裝緊張來佔她便宜的。

「經理，這樣不好看，這條路出入的多半是我們廠裏的同仁。」

他這才鬆了手去抓車墊的邊沿。

身為經理，在幾百個同仁面前發號施令，蓋世英雄似的威風十足。另一面膽小又要藉機消磨女孩；她雙眼直視路面，故意加快飛馳，內心不禁竊竊私笑。

「喲！林經理今天好帥啊！好性格！」侯麗珊歪歪頭裝著欣慕狀，喘笑著下坡走到他身邊。

他平時西裝畢挺，今天來爬山穿的是牛仔裝牛仔褲，上下一套繃繃擠擠地裹在矮胖的軀體上；走起路來腳尖向外顯出八字型，大屁股蛋肉墩墩，一頓一顫像肥鴨蹺著股尾笨笨地搖搖晃晃。

「不錯吧，我這套花了兩千多元，上次去香港買回來的。」

「不錯，不錯，好漂亮哦！」

「她們爬她們的山，我們在山腳樹蔭下走走。」路崎嶇下坡，他一腳高一腳低奔下去。

女孩子們爬上去隱入山林中了，侯麗珊返身要追上去，又煞住了腳；想想難得有機會跟他單獨相處，好好抓住這個機會，要求他兌現三年前開出升她當組長的支票。

「侯麗珊上來嘛！」

「侯領班！趕快爬上來，我們等妳。」藍瑞梅在樹縫中探頭叫。

「我喘得要死，妳們上去，我在這兒等。」侯麗珊打手號要她們走。

「我們到下面去。」林進貴回頭等她。

侯麗珊衝下坡跟他並肩走，想說的話一時不好意思開口。三年了！三年多前他當主任時經常鼓勵她：「妳嚴格督促女工幫我趕產品，如果成績好我升了經理，我就升妳當組長。」他升經理已經三年了，要升她當組長的事好像忘了。她有過幾次暗示他兌現，他都打馬虎眼敷衍過去。

「妳那一線上現在每人每天平均做多少？」

「大約一百二十片。」侯麗珊蛇彎著找崎嶇間的平坦處快步衝向前。

「在時間上能不能減少不必要的浪費，讓她們做到一百四十片。」他閃過窟窿跳下崎坎。

「以前都做九十片，三年多前，經理要我嚴加督促，我一分一秒算得好好的，她們連上一號也要用跑的，現在每天一百二十片已經是最高峰了。」

「到那邊樹下坐坐。」

山坡茅草茂密，有肚臍上的高。林進貴雙手左右撥開茅草，母鴨軀體一腳一腳踩倒茅草，侯麗珊跟在後面踩倒的草上走。走出茅草在幾棵氣根盤紋的老榕樹蔭下歇腳。再上去是滿山的雜樹，下面遍地蓬草。炎日下天籟俱絕，幾隻白頭翁在榕梢上飛跳。林經理喘了一口氣，痴瞇著眼望著侯麗珊笑。

侯麗珊蹲下來，褪下肩上的揹袋，打開來拿出水果刀和一個小西瓜，剖一半請他吃。他接過去坐在草地上吃。她四周張望了一下，發現一男一女埋身在荒山的野草間，有所顧忌，站著吃。

丟掉西瓜皮，侯麗珊思考好久，用暗示的他還是會裝糊塗，還是有話直說。

「林經理，以前您還沒升經理時叫我幫您趕產品，升了經理要升我當組長，是不是可以找一個機會幫幫忙，已經三年多囉。」

「我一定會升妳的。我一直在找機會，都還沒有組長的缺。」他掏手巾擦手，寬額下的兩眼滑溜溜地看她。

他拉開手提袋的拉鍊，拿出兩個綠紅大蘋果，遞一個給她。

「坐下來吃吧。」他拉她的手，一個踉蹌，在他身邊坐下來。

「機會那麼難找嗎?」侯麗珊嘴嚼蘋果嬌嗔存疑:「您當一個經理,又是工會理事長,洋老闆多少要賣一點帳。隨便升一個組長還不簡單;把我們線上的組長找一個缺調一下,我補升他的缺不就是了。」

「好好好!」他咯咯笑,手伸過來拍拍她的肩,搭在她肩上:「妳升了請我客就是了。」

「請客還不簡單。」

「真的嗎?」他瞳孔放大,臉對準她的臉,微突的鷹眼射出透視人心的燐光。

「三年多了,怎麼不早叫我請?」

「我很忙,早忙忘了。」林進貴搭在她肩上的手用力按住,把她勾過來貼近住他;她閃躲了一下,想挪開他的手,他加力按得更緊。

「不要請客啦,只要妳對我好一點就可以了。」

「怎麼好呢?我向來死盯著作業員為你趕產品。」侯麗珊想拒絕他按在肩上的手,但有事求他,這樣反而尷尬。以前他當主任,在他辦公廳沒有人看到時,講話還不時捏捏她的髮梢誇讚她頭髮做得好看,人又長得漂亮;每次穿一件新衣服,他還過來拉拉袖口摸摸裙子讚美幾句。

「我想想辦法提升妳就是。」

林進貴搭在她肩上的手扣緊她,使她的頭仰後靠在他肘彎上,她要掙扎抬起頭,他另一手伸過來抱住她的腰摟進懷裏,嘴猛湊上壓住她的嘴用力強吻。侯麗珊雙手掙上來推他肥壯的肩要撐開他的頭，他摟得死緊，老鷹挾小雞推都推不動，嘴整個吻在他嘴裏透不過氣；她腳跟著地用力一蹬，想把人蹬出他懷裏。腳一蹬頭向上衝，嘴衝開了，兩人都蹬倒在草地上；他伏在上面壓住她，嘴倏地又堵上她的嘴吻，她急羞慌亂，不知道要怎麼拒絕，舌頭鑽進她嘴裏捲掃，使她窒氣昏眩，腳亂蹬著掙扎，手卻抱緊他，舌頭回應他相捲著，全身壓蓋在男人龐大軀體下，流竄舒適的溫熱；她癱瘓了，死軟軟的任他解開釦子，手在身上游移，人陷入半昏迷狀態；忽然手攔住他的手，身子滾著要掙出他的蓋壓，嘴喊不要不要，全身乏力；乾脆喘著靜下來，閉上眼睛隨他去吧！想著要再掙扎，又想讓他高與一下他會升我當組長！

（二）

人事命令發佈下來了，侯麗珊的組長黃印國調任物料組長，侯麗珊升補他的組長缺。

「侯領班升組長了，恭喜恭喜！」作業員紛紛道賀。

侯麗珊心如刀割，望著升任通知單發呆，考慮著是否接受。那天林經理虛脫的躺在身邊的草地上，她背著他跪著穿衣服，他扳過她來，肥圓下頦上的寬嘴巴滿足的裂著笑，嘴角流下涎沫，豬哥一隻，幾乎令她作嘔。她奔出茅草任他在後面叫，衝下山跑上公路，攔了一部計程車回到家，關了門偷偷地哭。後悔自己意志不堅強，沒有激烈拒絕他。

過後林經理沒有到過線上來，她曾想揭發此事，可是一鬧出去，他被洋老闆開革掉，她也無法承受公司兩三千人的風言風語和輕視偷瞄的怪異眼光。

有兩次在廠裏碰到他，他含情笑著走過來，她背過臉加緊腳步逃開。

前天他在廠外的路上等她下班，攔住她的摩托車說：「不要回去了，我們一起到外面吃飯。」

「我希望你以後不要來找我。我們公事公辦，你當你的經理，我幹我的領班。如果你不識相，我就告到洋總裁那裏去。萬星公司的領班我準備不幹了，你貴為經理是非幹不可的，我也不要你升我當組長，請識相一點。」她冷峻地拒絕，摩托車踩上檔，加油絕塵而去。

廠裏有兩三千個員工，百分之九十是女作業員，女孩子長久待在廠裏工作，缺乏與男性接觸的機會，加上時時刻刻反覆做那枯燥單調的工作，又離鄉背井，在女子單身宿舍中得不到親人的溫情；長期的寂寞，少數女孩只要有男人向她們表示愛意，不管對方有否家室，或長得美醜，很容易上當。從技術員至經理、廠長等少許的男人週旋於上千的女孩子中，近水樓台，又握有配調支使之權，這個不要他，總有要他的女孩。幾乎每個有家室的男同事，在廠裏都有扯不清的情人。侯麗珊時時警惕自己不要步人後塵，不幸她也陷入這個死坑。她不願再與林進貴扯下去，否則必然與這種女孩同樣時時在感情的痛苦邊沿掙扎，何況她對林進貴沒有過好感。

林進貴是一個勢利主義的人，把自己的升遷和職位抓得比命還緊，被拒絕幾次後，不敢再來找她了。侯麗珊獲升，並不能彌補失身於他的痛心。她想辭掉不幹算了，但在萬星公司幹了五年多了，好不容易熬到做組長，一個月五六千元；轉到別的公司去，從作業員做起，一個月二千七八，實在划不來。而且萬星公司是外國廠商來台灣設廠的，一切照工廠法實施，假日比公務員多，還有特別休假。

好多人在背後說侯麗珊工作並不是特別出眾，智能也平平，她是靠面孔漂亮升領班的。她升了組長也有流言說也是靠面孔漂亮升的。她氣死了，檢討一下，自己實在無意利用姿色謀求升遷。

當她走過工場內的大穿衣鏡自照，照了面孔後轉身看體態，再回頭與場中的女孩子比比，自認確實是鶴立雞群，姿態娉婷，臉蛋明艷動人。以前那位程經理，常背著人誇讚她氣質優雅，她不知道程經理是不是羨慕她這一點，她進廠剛做三個月的裝配員，領班出缺，程經理就升她當領班。數年資她最淺，多數的人已做了兩三年，有的從公司一來台灣設廠幹到現在。她升為領班沒有一個服氣的，但在程經理面前卻不敢吭氣，只在同仁之間閃閃躲躲的說說諷刺話。程經理見狀把她調到現在的站來。並特別叮嚀每一個班員要聽她指揮。她很感謝程經理的提携，有時他有應酬，也邀她去陪伴。程經理要她認真做，等經理室有職員缺，要調她到經理室當職員。不久後程經理由四廠的部門經理調升一廠廠長，她不再是他的屬下，他也不好意思越廠調人。

林進貴由主任升補程經理的缺，升了經理就忘了要升她做組長的承諾。

她想也許是在他當主任時，要求幫忙趕產品，答應了他，而屢次邀她去看電影，去跳舞沒有答應，他死了這條心。而郊遊山野中難得的機會使他死心復活？

侯麗珊覺得自己被林進貴利用做為升經理的工具，其實也是自己為了想升組長求表現的緣故。那時作業員每天做九十片，她硬盯著她們要趕出一百二十片。工作匆忙損壞的比率大，程經理罵林主任，林主任罵黃組長，黃組長罵她當領班的，她當領班的罵作業員。

「妳又要產量多，又要品質好，哪有那麼棒的事？」藍瑞梅抬起頭來抗議。

「妳們做的時候留心一下，線路不對的修整好，不就減少損失了？」

「一天要趕一百二十片，顯微鏡一照，對準了就切，哪有時間還注意線路再去修正呢？那怎麼能趕那麼多？」作業員沒有人敢講話，藍瑞梅好像是她們默推出來頂她的代言人。

「只要留心一下有什麼做不到的？」侯麗珊拿出她領班的威風喝問。

「你們坐的人不曉得站的人腳痠，沒有良心的要求產量多。有了事上司推下司，鋤頭管畚箕，受氣的都是我們作業員；妳找我們出氣，我們找誰？」藍瑞梅越說越潑辣，聲調降低，冷冷的諷刺。

黃組長看在吵架了，過來罵：「妳多做一點會死啊？」

「當然會死啦！」藍瑞梅看都不看他，故意側坐著向旁邊說話：「我們拚命的趕產品，你們還不高興。一天不停的看顯微鏡，趕產品，看得昏頭轉向，眼睛發疼，你來做做看會不會死。」

「別人都不說話，只有妳在叫。」黃組長怒吼著。

「別人都說我們是工仔，為什麼要計較，能幹就幹，幹不下去就走路，我是為你們好，怕人一個一個走光了沒有人做才替別人講話。」

「不必妳多心。」黃組長雙手戽到藍瑞梅面前。

「別人檢片，我切片，你給我換掉切片的工作。」藍瑞梅拉下臉來了。

「妳不切片誰切，妳切的熟練又快，算了，不要計較吧。」侯麗珊口氣和緩，半勸半求。

「你們只會要求多生產，產品多，質量又要好，加薪卻不會爭取！也不管我們百分之六十都變成近視眼。」

「不給妳降薪就好了，妳還想加薪。」黃組長指頭戳到藍瑞梅的鼻尖：「要加薪妳跟我講，我向誰講？」

「你向主任、向經理講呀？」

「他們向誰講？」

「那是他們的事，我管他們要向誰講。」藍瑞梅兩眼俯上顯微鏡做她的工作。

女工們摒住氣，眼尾勾向這邊來，有的人抿嘴竊笑。侯麗珊推走黃組長，巡視她們的工作，大家才定下心來埋頭工作。侯麗珊回頭走到藍瑞梅身邊想勸勸她不要生氣，好好工作，一時沒有適當的話說，在她身邊站了一下，這個厲害的女孩手腳勤快，具有惻隱之心，也好打不平。她的個性只能用軟的，不能用硬的；硬要壓她的話，她動不動就來一句：「我這個工作不想幹了，妳要怎麼樣？」她是班員中無形的龍頭，班員尊重她，沒有不聽她的。搞不好，她相邀一下，整班被帶著跳槽到別家工廠去，那就慘了。

「這是林主任林進貴的要求，我們同情他們要養家活眷，多做一點吧。」侯麗珊手搭在她肩上低聲說。

「他呀！哈巴狗一條。」藍瑞梅專注顯微鏡下的ＩＣ集體電路片：「如不同情他要養家活口，我早就整掉他了。」

侯麗珊望著桌上的組長升職通知單，想想三年多前為奠下班員增加生產的基礎所受的辛酸，現在升了組長又被譏為靠姿色提升的，加上不可告人的失身之痛，她拿起通知單縱一裂橫一裂，撕碎揉成紙團丟進桌下的垃圾筒裏。

（三）

侯麗珊記不清過了幾個月了，也沒注意什麼時候林進貴又開始以他部門經理的身份三兩天就來巡視工場的生產工作。反正她已討厭理他，他也不睬她。有話要說他不是找主任就找領班，不找她當組長的。

她聽說四廠的外籍廠長將調去菲律賓的分公司，台灣分公司的總裁已內定提升林進貴遞補廠長缺。近來他經常跟隨在外籍廠長的身邊瞭解整個第四廠的業務。第四廠的三個部門經理，他年資最淺，還輪不到他升廠長，但他是工會理事長，掌握工會大權討好洋人，洋老闆為要利用他，升他為廠長。

「就是要升廠長了，才三兩天就來看一次。」作業員們偷偷議論。

「看他在洋人面前低聲下氣的，百依百順。在我們面前卻威風凜凜，作威作福，任意吆喝支使。」

「他就是靠這一套工夫升的啊！」

「我最討厭他每次來巡視，那對鷹眼射著邪光斜瞄我們，好像是小偷在偷他的飯吃一樣。」

「我最討厭他來巡視時發現錯誤也不直接告訴我們，當場叫主任來大罵一頓，他走後主任罵組長，組長罵領班，領班罵我們，鬧得大家都不愉快。」

侯麗珊看她們談起了興頭，有的停下手來專心講話了，她走過來站在她們旁邊，她們不好意思的挪正身子坐好，屏息工作。

新官上任三把火，林進貴還在當「實習廠長」，火就燒紅了半邊天。第四廠各部門都在大整頓，為了要改變工作環境增加產量，他指示主任搬動機台位置，搬這也不好，搬那也不好，老是在大變動，生產未見增加，對作業員一分一秒算緊緊的，每天都在趕產品，作業員趕得精疲力盡，還要硬性加班，侯麗珊覺得被搞得煩死了。

「他是靠這升廠長的，我們努力一點，同情同情他，讓他表功表功，好做正式廠長……」

藍瑞梅兩眼俯在顯微鏡上，手忙著調整，林進貴早站在她後面她都不曉得。

當她發現空氣不太對勁，抬頭向後看，林進貴的鷹眼烱烱瞪著她，她嚇了一跳，拍拍胸口鎮靜下來，回瞪他一眼，轉回頭俯下看顯微鏡。

「王瑞方過來！」林進貴怒喊正在跟金組長商議工作的王主任。

王瑞方靦腆地跑過來：「經理有什麼事？」

「以後工作時間全部嚴禁作業員講話。光說話不做事，所以產品趕不出來。」

他的話表面是說給王瑞方聽，臉卻向著全場的作業員。侯麗珊為了避免觸及燐火的眼光，把臉撇開。

「只要她們不妨礙工作，講話可以調劑工作枯燥的情緒，我是同意她們在工作中偶爾輕聲聊一兩句。」

「我說不准她們講話就不准講話。」

「經理，你機台的變動和人員的安排程序不太理想，浪費人力，也容易造成工作上的錯誤，能不能照我過去的方法安排？」

「我說怎麼做就怎麼做，你這個倒霉貨少開口。」

王主任啞巴吃黃蓮，吞了吞口水說：

「程序不理想，要作業員趕產品，累死了也趕不出來。」

「那你以前為什麼也不能按期趕出？」

「那是你的要求超過作業員的負荷。」

「廢話，產品趕不出來沒有你講話的權利。」

侯麗珊為王主任挨罵難過，低著頭在桌上計算作業員的產品數量。

林進貴走向整理盤子的工作台，藍瑞梅轉頭狠狠瞪著他的後腦袋。

「盤子亂得這樣子，也沒整理。」他轉身喊王主任：「王瑞方這是誰做的工作？」

蔡永春組長放下工作跑過去，王主任跟在後面慢慢走。侯麗珊慶幸不是她管的，「如果是我管的，他對我氣焰是不是也這麼烈？」她自問。

「你們是怎麼管的？」林進貴指著盤子給蔡組長看：「誰做的工作？」

「整理盤子是吳太太的工作。」蔡組長臉色發白。

「那是，那那……那是大夜班搞亂的，我這邊沒做完……還沒有空整理。」吳太太怯聲吱唔，一句話說半天才說出來。

「妳下次不整理好，讓我看到這麼亂，我就開除妳！」他厲聲責罵，手插上腰，罵了十幾分鐘。

他走後，吳太太木木的，手擦著眼淚，一面工作一面哭。

「吳太太同情同情吧。」藍瑞梅走過去安慰她：「同情他在洋人老闆面前低聲下氣的，只有來這裏使使威風才能得到補償。現在又碰到他要表功，好升廠長的時候。」

（四）

林進貴正式升廠長了，洋總裁調二十一站的劉景寬主任補他的經理缺。劉景寬一向的做法都站在員工這邊，是萬星公司有名的。他為人隨和，第一天上任來線上巡視，跟一些認識的領班和作業員說：

「萬星公司在台灣設廠我就進廠當主任了，因為我處處為我們同胞員工的利益爭取，得不到洋人的器重，十年來我這個元老主任到現在才升經理。林廠長慢我三、四年進廠，起初他還當過我手下的組長呢！以後大家跟我合作，把事情應付好，拜託！拜託！」

他微笑著糾正女作業員的工作錯誤。

林進貴升了廠長後，每天工作由一萬片增加到一萬六千片，硬性規定每人每天要加班四小時。

「妳們加班時認真一點，把各人分配的工作做完就可以回去休息，加班仍叫組長照報四小時給妳們。」劉景寬劉經理向大家宣佈。

「劉經理，這樣會不會有問題？」侯麗珊當組長的負責報她那一組的加班，覺得不太對勁：

「虛報加班或是什麼的?」

「有事我負責，只要產品趕出來就行了。」劉景寬說。

女工們很興奮，拚命工作，本來該加四小時班的工作，多數加了兩小時就做完回去了。手腳慢的也能提早一小時回去。這樣經過了兩個多月，劉經理與女工們相處的很融洽，產品也能如期趕出。

這一天加班時間，林廠長來突擊檢查，線上的作業員都跑光了，第二天上班一大早他跑來罵劉經理：

「你們都虛報加班!」他兇虎虎的瞪著眼。

「是我叫她們趕完產品就回去的。」

「有的人只做兩個小時，你們也給她報四個小時的班。」

「誰的工作早做完誰早回去，這是公平的。讓她們一鼓作氣，振作精神趕完，早回去休息，雙方都好。」

「你給我滾蛋!你這樣亂來，規矩都被你搞亂了。她們早兩個小時回去的就報兩小時加班。」

「沒有人要這樣為你拚命的啦!她們要提早兩小時回去，整天十個鐘頭，一分一秒都是拚命在趕，誰先趕完加班時誰先回去，這是公平的。你硬是要她們加到四個小時才回去，她們提不起精神，窮磨又有什麼意思，產品也不一定能趕出來。」

「她們報四個小時加班，就要加完四個小時；工作早作完早回去的，按她實際做幾個小時報加班；不然就另外做新的工作，做完四小時才回去。」

「姓林的，你不要太沒有天良，你要女孩子們為你趕多少產品你才能滿足？你進萬星公司短短六、七年，從組長、主任、經理、廠長扶搖直升，完全是靠這些女孩子們拚命為你做工才升的，你已經當廠長了，她們工作量也夠重了，你何必還那麼苛刻？」劉經理一句一句慢慢的講。

「你給我滾蛋！」林進貴反羞成怒：「我四廠不用你這種經理，你滾！」

幾百隻眼睛驚懼地看呆了！侯麗珊暗服劉景寬一點也不屈服，回想自己是太懦弱了，假若自己能堅強一點，那天在山上的荒草間就不會被引誘而屈服在他的權勢下。

劉景寬被林進貴報上去，降回任原單位的主任職，經理缺林進貴自己兼。

這個月的產品盤存少了一千多片，王瑞方主任急著要侯麗珊再查清楚。

「你馬上給我查出來，否則立刻走路，我給你資遣費。」林進貴大罵王主任。

王主任不願走，他已不止一次在幾百個女工面前被林進貴趕他走；他曾私下與侯麗珊說好不容易熬到當主任，不願那麼隨便被他趕走。

數月來他被林進貴一會兒調日班，一會兒調夜班，終於忍受不了辭職了。

侯麗珊預感下一個會被趕走的可能是她了；自從失身於他之後，她對他總是不理不睬的，這已漸漸引起他的不滿了。

（五）

「工作中不准隨便講話，隨便走動，絕對要嚴格執行。」林廠長巡視完線上交代新主任沈義地。

沈義地由別部門升補王瑞方的主任缺，他是林廠長的心腹，他在他面前唯命是從，無論歪橫曲直總是是、是、是，諾諾點頭。

地板在清洗打臘，女作業員們拿開椅子讓清潔工擦拭，三、五人一堆，聚在一起聊天，讓開給清潔工工作。

「趕快洗，你們這樣慢吞吞的，她們都不要工作了。」沈主任催促清潔工。

地板洗過後拖乾，然後打臘，女工們停下工作等，沈主任等得難受了，指示清潔工說：「一半不要洗了，灑水的儘快擦乾，不必打臘了。」

「我們幾分鐘沒工作，他難受得要死，就像他家會斷炊，或是他會生大病似的。」作業員中有人嘀咕。

沈義地對女孩子們盯得死緊，他要求產品每天要趕兩萬片。侯麗珊趕得一下班就精疲力盡，幾乎要倒下去，她當組長的都覺得工作太過透支了，何況作業員。

沈主任一個一個視察作業員的工作，侯麗珊陪在後面指導工作，走近藍瑞梅邊，她從顯微鏡上抬起頭來。

「你幹嘛老是一個一個盯住我們看？」

「洋人叫我這樣子。」沈主任雙手一攤，表示他是奉洋總裁之命行事的。

「洋人來巡視線上，對我們作業員客客氣氣的用純正的國語跟我們交談，發現錯誤也客客氣氣地做給我們看，指導我們改正，洋人會叫你對我們這樣子？」

「我有什麼辦法！」

「不是你沒有辦法，而是你們崇洋媚外，洋奴性太重了。」

「妳怎麼這樣罵我？」沈主任氣得瞪大眼睛。

「你們這些林家幫的人差不多都是只為自己升遷著想的貨色。」

「我警告妳，妳下次再這樣我就要妳滾蛋。」沈主任指著她說。

「你憑什麼要我走？」

「憑我當主任就可以開除妳這個放肆的工人。」

「我請你趕快開除！」藍瑞梅聲調提高：「本姑娘在你們這種夾洋欺內的哈巴狗手下幹得早就煩透了。你要我走我最高興，我還會帶幾十人一起走，你放心好了。」

侯麗珊喝住藍瑞梅不要再講下去：「沒有什麼事了，主任可以回辦公室去了。」侯麗珊推走沈主任圓了一下場。

沈義地一步一步重重的走到門前，用力踢開門，摔門而去。

「妳為什麼要這樣激他？」侯麗珊問。

「這一群林家幫的哈巴狗，給他一點眼色看看，讓他不要狗眼看人低，任意支使人。」藍瑞梅一面工作一面說。

侯麗珊嘆了一口氣，走回組長座位。她由衷的佩服藍瑞梅仗義執言的勇氣，相形之下她又覺得自己是一個懦弱的人，不甘不願被林進貴那隻瘋狗咬了一口，卻連哼也不敢哼！

晚上加班，侯麗珊巡視線上工作，大家都埋頭專心工作；走過藍瑞梅後面，她沒在工作，伏在機台上寫信。侯麗珊站在她後面看她寫了幾分鐘，她還沒發覺。侯麗珊出其不意把信紙搶過來，她嚇了一跳，轉過頭來，兩眼驚慌得不知所措。

侯麗珊瞟了一下信上的開頭，「林廠長：」要再往下看，藍瑞梅站起來跳過來搶。侯麗珊把信揣進褲裏閃躲，藍瑞梅的手要插進她的褲袋，被她掃開，兩手壓住袋口。

「這是私人秘密信件妳不許看。」藍瑞梅命令她。

「妳加班時間不工作，寫信，犯規！」

「妳當組長有權扣我的薪水，或取消我今晚的加班，或報上去處分我，但妳無權看我的信。」

「瑞梅，妳不要緊張。」侯麗珊軟語懇求：「我不會害妳，請妳相信我。我早在妳後面看妳寫了兩三分鐘，大概的內容我差不多知道了。我拜託妳給我看完，必要時我可支持妳。」

「妳要看就看吧。」藍瑞梅垂下眼皮，坐下來兩眼看腳尖：「看完如果妳要請功，就去報告林進貴。了不起我這裏不幹，再了不起我去坐牢。我這個人只要認為應該做的，做了坐牢我也情願，妳看吧。」

「妳相信我，我絕對不會害妳。」

「妳看吧，反正我是準備讓妳報上去，我被告侮辱罪去坐牢。」

侯麗珊為避眾多作業員的耳目，拉著藍瑞梅到沒有人的休息室，掏出揣成一團的信紙攤開來掃平，一字一字看下去。

林廠長：

我是與你同年同月進公司的，那年我剛國中畢業，家境困難未能再升學，白天在廠裏做工，晚上讀高中補校。六、七年來很不幸，我一直受你管轄，屢次要求調別廠也無法調成。你初任組長，不久升為主任，然後廠長。你這一連串快速的升遷圖，我看得清清楚楚，說穿了，你的升遷秘訣是刻薄自己同胞的女工，諂媚洋總裁。你權謀深算，懂得提攜自己的親信，全廠佈下你的耳目，排除能力比你強的異己，像劉經理劉景寬、王主任王瑞方能力都比你強，英語也說得流利，不像你在洋人面前英語說得結結巴巴，還要停下來想一想。他們年資都比你深，他們不能升，只是他們有同胞愛，做事處處站在女工的立場著想，所以在洋人老闆的面前不像你受器重。你雖然得洋人重用，但國人員工都恨你入骨。劉王的做法引你嫉妒，你不擇手段處處當著眾人面前使人難堪，終於把人攆走。

你一當廠長，天天要我們拚命趕產品，我們累得幾乎受不了也為你拚命。但待遇、福利不但不爭取反而剝削。以前的美籍廠長，每月發兩瓶魚肝油丸給我們保護眼睛吃，你當上廠長就取消掉了，一點也不考慮我們這些女孩子早已變成近視眼了。

你對員工任意吆喝，氣焰逼人，你可能以為你很了不起，很神氣！不曉得你看過自己在洋人面前那副低聲下氣的形象沒有？你一手提拔的沈義地沈主任，在你面前唯命是從的狗樣就是你在洋人面前的形象。這面鏡子你可自己照照，有什麼神氣的呢？嗨！哈巴狗一條。

其實要成為你的親信並不困難，只要對你的專橫霸氣百依百順即可。你說黑板是白的，也順著你說黑板是白的；無論你說什麼就「是、是、是」的唯命是從，另外再加上拍拍你的馬屁就行了。可是王瑞方和劉景寬卻不如此，我就敬佩他們有骨氣，不像你一切以自己的升遷為重。

你的權利慾未免太大了一點，身任廠長高職，又用計謀擔任工會理事長，大家的福利金任你們幾人支使，今天迎張三明天送李四，三天一大宴五天一小宴。廠長已是資方代表了，我不知你臉皮怎麼那麼厚，哪來的資格做工會會員，出任理事長。反正工會的理、常、監都是你們幾位廠長和經理級的在做，大家臉皮一樣厚，見怪不怪。我讀《美國工會組織》一書，人家的工會會員一升上領班，因為領班已代表資方在執行管理命令了，立場不同，即開除會員資格。而你身為廠長兼做工會理事長，到底這個工會是你們廠長經理的工會，或是我們工人的工會？我們也從沒舉行過什麼工會的選舉，我也不瞭解你這個理事長是怎樣選出來的，總之就是你們那幾個人在搞。

最使我氣憤的，是每次救災或什麼慈善捐款，你硬性規定每人扣兩百元，報紙把你林廠長進貴的大名登得那麼大的篇幅，「萬星公司工會理事長林進貴樂善好施，發動全體會員捐款X十萬……」唉！世上大概再沒比這種拿別人的錢往自己臉上貼金的人更不要臉！林廠長，不，林理事長，以後捐款，別人的你去扣，我XX的請不要扣，不是我不樂意捐，而是要自己捐。讓我的大名也在報上亮亮相。我要奉勸你，以後做事多為我們工人著想著想，現在是你的盛世，不要那樣神氣逼人，不要一意孤行。我們一個月賺你多少錢，要我們拚命，我們有時也會算算所付出的勞力是否值得。我是可憐你好高升又要養家，不然我這個小女工要整你這個大廠長也是簡單得很……

侯麗珊嘆了一口氣，摺好信紙還她。

「妳放心，我絕對守密，我很敬佩妳有寫這封信的勇氣。」她平時要說想說而不敢說的話，都被藍瑞梅寫在信上了：「妳不覺得尖酸刻薄了一點？」

「我說的句句是真話，我沒有栽誣他。」藍瑞梅抬起頭撩開眼皮看她。

「妳要寄給他？」

「本來想匿名寄給他。」

「妳不怕惹麻煩？」

「其實我只是為劉經理和王主任打抱不平出出氣而已。」

「妳說妳能整他？」

「要整他還不簡單。」

「妳能不能告訴我，妳有什麼辦法可以整他？」

「這個我不能告訴妳，不過我想是想，不會去做的。」

「妳告訴我，讓我來整他。」

「……」藍瑞梅懷疑地看看她。

這是個人的秘密，侯麗珊不便再追問下去，她相信藍瑞梅如果要整他是會有辦法的；以她是女工無形龍頭的影響力，不合作、不趕產品或是相邀幾十人跳槽……。這啟示了她，也給她很大的決心和勇氣。要整他實在並不困難，就把他利用升她做組長誘姦的事，向洋總裁揭發就夠他受了。還有聽說蘇振德組長要升主任，他暗示蘇振德他家的黑白電視要換彩色電視，蘇振德買彩色電視送他。還有沈義地升主任送一套廚具。還有生產獎金每人五百元，各廠都發了，只有四廠林進貴還扣住不發，有人說他拿去放利息……。只要把每天看ＩＣ片的顯微鏡頭照準他的這些行為抓緊，要整他實在簡單……。

侯麗珊想告訴藍瑞梅，有一項她沒寫上，他曾利用職權以升組長為餌誘姦部屬。她心潮澎湃，一鼓衝動想把自己一直埋在心裡的話告訴藍瑞梅，想了想吞了一下口水，不說也罷！

（六）

在林進貴天天要求趕產品之下，嚴禁女工工作中講話，不許走動，工廠一天到晚頒發新規則，女孩子們都說一下班累得要死。每月領了錢就有好多人辭職不幹，她們轉到做件工能多拿錢，或工作比較輕鬆的工廠去做。老的走了，招新的來補，新人有的做一兩個月就走了，線上缺人缺得很厲害。

人事課帶來一位新招來的女孩，分配在侯麗珊的線上。侯麗珊見了她驚遇天仙降臨，她肌膚鮮潤，身段不高不矮，甜淨的臉蛋上眉眼清秀，顧盼嫵媚。

「她是施妙惠小姐。」人事員介紹著：「這位是侯麗珊侯組長，以後妳就由她帶，有什麼不瞭解的儘可請教侯組長。」

施妙惠點頭微笑，臉頰微微發紅，水綠淡雲寬裙洋裝，裙裾飄曳生姿。線上的女孩瞟了瞟她，顯然被她迷人的姿色所騷擾了。

「妳在電子公司做過嗎?」侯麗珊問，不忘偷看她可人的臉上的表情。

「做過三年。」聲音輕脆，悠揚動聽。

「那這些工作妳都很熟了?」

「大概差不了多少。」

施妙惠工作辛勤，也許是貌美得人緣，與女孩子們相處得很好。

林進貴來巡視線上，他好久沒來了，侯麗珊不耐煩地陪在他後面看。他從女孩子的工作檯後邊一排一排走過，一個一個看她們工作，走到施妙惠身邊時，他愣住了，侯麗珊看他是被施妙惠的容貌震懾住。

「妳來多久了?我怎麼沒有看過妳?」林進貫貪婪地看她臉孔。

「剛來十七天。」施妙惠轉過頭揚眉答話，隨即面對桌上做她的工作。

「他是我們四廠的林廠長。」沈主任過來介紹。

「林廠長好。」施妙惠揚起頭，拂上垂下的瀏海笑了笑。

「好，好。認真工作。」

施妙惠帶幾分被問後的少女的羞澀，低頭工作。林進貴要走捨不得走，要說話又找不出話說地躊躇著，走過了幾個工作檯又走回頭問。

「妳叫什麼名字?」

「施妙惠。」她放下工作面對著他答。

「怎麼寫？」

「實施的施，妙人妙事的妙，恩惠的惠。」

「做的習慣嘛？」

「反正是做工，什麼工作也能適應。」她向他笑笑，感謝他關心的甜笑。

「那很好，很好。」

旁邊工作中的女孩子眼尾斷斷續續地拋向這邊偷看，侯麗珊暗罵：新來的人那麼多，別人不問，怎麼只問這個最漂亮的。

第二天林進貴又來巡視。走到施妙惠身旁時問她。

「妳什麼學校畢業？」

「初中而已。」

「會不會打字？」眼色饞饞盯著她。

「不會。」施妙惠搖頭笑著答。

「速寫？」

「不會。」

「有沒有興趣學？」

她難為情地低下頭，裝著摸摸工作：「不曉得。」

第三天他又來巡視線上，找理由糾正施妙惠的工作。他一推開門出去，女孩們不約而地向他的後腦拋白眼。

「像蒼蠅一樣，有一塊糖在這裏，天天飛來嗡嗡哼哼的。」

「豬哥！」

閒言閒語使侯麗珊為施妙惠難過，她不曉得施妙惠是不是聽得懂，注意了她一下，她裝著沒聽見埋頭工作，粉頰卻不自在的飛著紅暈。

翌日林廠長找人來叫施妙惠到廠長室去。回來後侯麗珊問她：

「廠長叫妳去做什麼？」

「他說要調我到廠長室去當他的秘書。」

「不錯呀！剛來做二十幾天的作業員就能升為廠長的秘書，恭喜妳！」

她抿著唇，星眸呆滯：「我不懂英文，不會打字，不會速寫，對處理文書也沒有經驗。」

「可是妳有全公司幾千個女孩子都不如妳的本錢——漂亮！」侯麗珊挖苦地笑笑。

「要我去當花瓶，我才不幹！」她垂下眼皮，雙眼皮的線溝清晰好看。

休息時間女孩子們有意無意的諷刺她。

「不錯啊，來幾天就升為廠長秘書，我們幹七、八年都還是裝配員呢。」

「誰叫妳不生漂亮一點，記住，下輩子投胎要找漂亮的才投。」

侯麗珊看她眼眶閃著淚水，坐在工作檯擦拭，反而同情她，恨起林進貴來。

「不要介意她們的閒話，只要當做沒有這回事就行了。」侯麗珊走過來安慰她。心想這個姿色比自己好看幾倍的女孩，會不會步入自己後塵，為了升遷被林進貴白白咬了一口的命運？

「謝謝妳，組長。」施妙惠抬起頭來擦乾臉，眼睛湊上去看顯微鏡工作。

林進貴幾乎天天來巡視，跟施妙惠說說話，女孩子們吱吱喳喳向她說：

「妳趕快去當他秘書吧，省得他天天跑來線上，我們要天天緊張一陣子。」

（七）

藍瑞梅臉色白裏泛青，懨懨地走上侯麗珊的桌邊。

「侯組長，我這兩天感冒，胃口不好，中午跟晚上都沒吃飯，現在肚子餓得撐不住，我先去餐廳吃宵夜。」

侯麗珊看看錶已經深夜十一點半了，再半個鐘頭就下班：「先去吃吧。」

藍瑞梅上餐廳不久，忽然看她被沈義地沈主任揪著頭髮推進來。夜班，主任極少來，怎麼今晚三更半夜突然來查勤。瑞梅頭髮被揪，頭向後傾，沈主任推她到工作檯前，當著眾人面前厲聲咆哮。

「妳最不守規矩，時間沒到就溜去吃宵夜，又會亂寫信亂批評。晚上妳要把產品趕完才准妳去吃東西。」

「你尊重人權好不好？」看她全身乏力，掛著兩行淚。

「妳不守規矩，還要人尊重妳呢？」

所有作業員都亮著驚懼的眼光瞟瞟她，侯麗珊看她實在虛弱得只是掉淚不說話，跑過來說：

「她感冒，中午和晚上都沒吃飯，是我要她先去吃的。」

「妳當什麼組長，時間沒到叫她去吃宵夜，晚上她的產品如果沒有趕完不准她去吃東西。」

「組長，晚上給我報請假也好，報曠工也好，報早退記過扣薪都隨妳的便，我現在要回去了。」

藍瑞梅擦擦淚轉身要走，沈主任抓住她，拉回來推上工作檯。

「妳要給我趕完今天的產品。」

藍瑞梅摔開他的手，掉頭跑出大門。

「妳明天不要來上班啦！」他在後面指著喊。

侯麗珊目送沈主任憤然而去；怎麼他晚上突然來查勤？幾天前他發給每個作業員一張紙，要每個人寫下自己家裏的地址；怕有的人遷家或變更地址，好給人事課核對更正，有事時好與作業員的家裏連絡。他交代領班，寫完後收齊交給他轉給人事課。

侯麗珊覺得有點蹊蹺，走過來向藍瑞梅小聲說：

「妳要小心，可能是妳寄出的匿名信讓林進貴派他來查對筆跡。」

「我知道，讓他曉得是我寫的也好。我要寄出時看了又看，一點也不冤枉他，他不能對我怎樣。」藍瑞梅撮尖堅強的嘴唇沈思片刻：「本來我是想署名的，後來想那等於掛牌向他挑戰？匿名還算是怕他，尊重他廠長的威嚴。我本意也是好的，讓他瞭解自己的作為，改一改。」

「妳總是要小心，不要有什麼紕漏被抓到，妳上一次冒頂沈主任，我看他一直在注意妳。」

「有什麼好怕的，了不起不幹！」

事情就暴發在晚上這件意外的事上，侯麗珊想不出辦法好幫助她，看樣子她是逃不過被開除的。開除她，她一定會邀幾十個跳槽，那她這一組一定會瓦解的。

藍瑞梅照樣來上班！一上班先拿三份報告給侯麗珊。

「昨晚的事我寫了三份報告，麻煩妳幫忙請送公事的小姐轉一下。這份給廠長，這份給洋人總裁，這份給工會。」

侯麗珊看完她每一份報告；她承認自己因感冒，兩餐沒有吃，上夜班時提早出去吃宵夜，是她的過錯，可任由公司處分。給工會的，她指控沈主任虐待員工，禁止她用膳，要求工會代送法院控告他；給洋總裁的，她寫：「……美國總統卡特主張人權政治，總裁所用的主任卻公然侮辱員工，我們中華民國也是尊重人權的國家，請總裁代轉法院控告沈主任侮辱人權……」

「妳這樣直接送給洋老闆，越級報告。」

「妳就叫送公事的給我送上，什麼越級報告？要林進貴轉，他不給妳丟進字紙簍裏才怪。」

洋人總裁、廠長、工會都派人來要侯麗珊以組長的身份勸勸藍瑞梅私下和解，不要告到法院去，不然報紙一登出來對公司難看。

侯麗珊很希望藍瑞梅到法院去告狀，但各方面的壓方，她不得不勸勸她說；

「算了，和解算了。沈義地已被洋人叫去罵了一頓。」

「要和解就叫公司把沈義地調離四廠，不然工會不送法院，我自己上法院告他公然侮辱。」

（八）

廠長林進貴又派人叫施妙惠上廠長室談話。她回到線上時表情凝重，工作了一會兒，走過來向侯麗珊辭職。

「組長，我不幹了，下午我就不上班了。」

「做得好好的，怎麼不幹了？」

「廠長要我明天到廠長室去上班。」

「妳不當秘書就告訴他妳不會英文、打字、速寫、文書這些工作，不就行了。」

「他說不會沒有關係，有別人可以做，我只要在廠長室登記收出文件，整理整理辦公廳就行了。」

「那不錯啊？這也是秘書嘛！工作輕鬆，一個月還可以多拿兩三千元。」

「他昨天下午在宿舍門口等我下班，要請我去吃飯，我看他居心不良，我不幹。」

施妙惠真的沒有再來上班，侯麗珊感慨萬千，自己如有她的意志，也不會被他白咬一口！

「……不要小看我是一個小女工……如果我要整你這個大廠長也是很簡單的……」藍瑞梅的話再度使她怦然心動。藍瑞梅因為那封信，被藉口早退吃宵夜，從餐廳揪著頭髮推到線上來。要是別人十個也不夠開除，藍瑞梅的勇氣和智慧卻使她安然無事，還要求把沈主任調離四廠。

「這種人實在該整的。」侯麗珊咬牙自語：「我一定要整他。」

怎麼整他呢？就到洋總裁那裏揭發他，以升她做組長的餌誘姦她；還有施妙惠的事；還有藍瑞梅的事；還有……這些事若不足以讓洋老闆開革林進貴，他這人貪饞無饜，以後就拿看ＩＣ集體電路片的顯微鏡頭照他，放大他的一切作為，然後抓住致命傷……。

「洋老闆下令把沈義地調到一廠去了！」

全廠的作業員都在議論這件事，沒有人不佩服藍瑞梅；這給侯麗珊很大的信心，終於鼓起勇氣，打開線上的門，經過廣場走向辦公大樓；進入電梯，按亮洋老闆辦公室的六樓電鈕。電梯冉冉上升。洋老闆曾來巡視線上時向她問過幾次工作情形，她想先向洋老闆解釋藍瑞梅事情的經過，並向他要求提高作業員的待遇；然後談施妙惠的事；最後報告自己的遭遇，別忘記要求洋老闆為我的失身守秘。萬一洋老闆不守秘傳出去？……那也無所謂，事情早已看開了，要沒有面子，你林進貴比我侯麗珊更沒有面子。

電梯門頂的樓燈亮出「6」後停住了，門自動滑開，侯麗珊佇立著看電梯門外，走道北面古銅色泰國柚木隔間，鏤花藝術門上掛著中英對照的「總裁室」的壓克力小牌。她望著「總裁室」三個字，想著裏面坐在大辦公桌後高級轉椅上的那個洋老闆：金絲頭髮，高鼻子，眼睛深凹黃濁，白皮膚的手臂上長滿金絲汗毛——洋人總裁！林進貴是他器重的廠長，他們利害相關，他不可能聽妳的；他不能代表正義。尤其他是一個外國人，找他不如找藍瑞梅！侯麗珊按亮「一樓」的電鈕，電梯緩緩而下。

走出大樓，庭園照滿白亮的陽光，她想跟藍瑞梅商量，直接找林進貴算這批帳。

（一九七七年五月十二日脫稿，發表於現代文學）

外鄉來的流浪女

「什麼領班，什麼管理員，全是混蛋。目無尊長，呼上喝下，把大家都當做奴隸，簡直太不像樣！」

（一）

大姊陪我到這家慶豐食品工廠來報到，打雜的老婦人帶我們看我要住的宿舍。房間裏左右兩邊各靠牆放置兩座上下鋪的狹窄單人鐵床，可供八人住，通道窗下放一張小桌。大姊皺了皺眉頭撩眼看屋頂；脫釘翹起的天花板貼膏藥似地黏幾塊膠紙，沾滿灰塵污蹟的白漆，脫皮的脫皮，剝落的剝落；間雜一簇簇漏雨滲濕的乾黃水印。

「這間房子會漏。」老婦人皺臉鬆垂，一張開嘴即露出三顆蛀斷的門牙所留下來的殘刺齒頭。

「別間漏不漏？」大姊臉有慍色。

老婦人搖搖頭，掩嘴咳了幾聲，咳呸！吐了一口濃痰在床腳邊：「別間沒有空床了，這間房子連妳只住三個人。妳們查某囝仔又不愛跟我們老廢仔住在一起，嫌老廢仔骯髒，嫌老廢仔嘈唸。妳會不會嫌我這個老廢仔？」

「怎麼會呢？您們老人家經驗多，可教教我們，何況是出外人，大家互相照顧。」

「好一個懂事的查某囝仔。」她摸摸我的頭，我報以一笑。她人矮小，髮絲半白，稀鬆可見頭皮。

老婦人佝僂著抱來棉被、枕頭、蚊帳，幫我整理床鋪。大姊站在旁邊悶聲不響，煩躁地轉頭勾眼看這破舊的房間：

「妳決定就這樣待在這家工廠做？」

「唉！」我吁了一口氣，攤手表示待下來。

「不後悔？」

「怎麼會呢？」

送走了憂悶不高興的大姊，老婦人帶我熟悉環境。浴室是用單磚整水泥蓋石棉瓦潦草搭建的？低矮狹長，兩個小窗，光線不夠，陰森潮濕。餐廳兼休息室，幾張破舊的桌子和長板凳，牆壁油污斑斑。工廠我做過五家了，參觀也不少，環境好的畢竟不多，食品工廠一向都是工廠中最簡陋骯髒的，何況這是只有一百多個工人的小工廠。

辦好手續，到房間給父母寫信，好讓倆老放心。這次父母和兄弟都不讓我再出來當女工，我實在無法待在花蓮山窩裏的鄉下老家等嫁人，不顧父母兄長的怒罵，拎著行李搭一天一夜的車子到西部的臺南來。我踏出門時大哥憤怒地追出來斥責我：

「我看家裏要為妳準備神主牌了；從東部到西部，路途那麼遠，一個女孩子在奢華的都市不被拐騙才怪。妳沒有眼睛看報紙天天登的滅屍無頭公案——箱屍案？妳萬一不幸成為箱屍案的第二個，家裏到哪裏去為妳收屍？」

我心如劍戳，刺痛泣血；在黑夜山野裏開來西部的公路車中，沿途擦淚。

家人對我如此，主要是感染社會上對女工偏差的流言。他們根深蒂固的認為女工懶散，男女關係很隨便；一般人就常說：「工廠女孩難做家」，「要嫁好丈人，娶好媳婦，就不要到工廠去做工人」。尤其我讀高中畢業，家人更認為不應該去當女工。讀大學畢業的二哥，星期天回老家，看我桌子上放一個打火機問我：

「原卿，妳到工廠學了什麼？」他指著打火機：「抽煙？交男朋友？吸強力膠？」

「打火機是帶回來送爸爸的。」

「看妳一副工人的樣子。」二哥似乎不屑有我這個當女工的妹妹。

「工人的樣子有什麼不好？不偷不搶，正當職業。」我懷疑我是否在工廠做了一年多，整個氣質都被同化了，那又有什麼不對？自然一點，總比假紳士好。

這一次我能勉強出來的理由是大姊嫁在臺南，我來臺南工作，她可以照顧我。

（二）

這家食品工廠，生產各種農產品的罐頭，有時也收各種豆類冷凍出口。這一期的蘆筍還沒運到，沒有工作做的人，聽命領班、管理員指派擦地板、洗刷門窗；男工粉刷牆壁，他們生手生腳，大畫小畫、大撇小撇糊刷一通，地下、牆壁、機械、桌椅到處滴滿油漆。

「公司人才真多喔！」男工邊做邊取笑，話裏含有諷刺公司派他們做雜碎工作的俏皮味道。

「等蘆筍來了，我油漆也差不多可出師了，去做油漆師傅比做食品工人好賺呢。」

我被派蹲在地上拿鐵皮刮滴在地上乾了的漆，有幾個在擦我們刮過漆的磨石地。

「小姐，看妳這麼秀氣也來做工？這裏的工作卡艱苦哦！」蹲在我身邊刮漆的奧百桑向我搭訕。

「我並不覺得苦。」我向她笑道。

「妳從哪裏來？」拿破布擦地的小姐問。

「花蓮。」我抬頭看她。

「哦！那麼遠。」

「我們上個月剛去花蓮遊覽，花蓮攏總是山，景色真帥。」

「我們就是山裏人——內山佬啦！」我故做謙虛笑笑。

「啊，小姐！妳是不是番仔？」一個十五六歲的女孩稚氣地打量著我：「那天我們去旅行，經理跟妳們阿美族的小姐跳番仔舞。」

「阿美族的小姐好漂亮哦！皮膚白白的，就像妳這麼白。腮幫粉紅粉紅，要不是目眶深探的，眸子黑溜黑溜，妳真看不出她是番仔。」

「妳會不會說番仔話，番仔話唧哩咕嚕像鳥在叫。」

臺語雜國語，一人一句朝我問。領班看大家在講話走了過來，灼亮的大眼向我瞟了瞟，一頭濃髮做得服服貼貼，下巴略尖，精明嬌麗的臉化粧得鮮艷動人，翻領淡灰印幾支茶色修竹的洋裝穿得很得體。跟我們隨便穿的女工一比，一眼就看得出她是管理的人，不是做工的；我好奇地注目要把她看個仔細，她卻使白眼瞪瞪我，嬌麗中帶一股霜冷的傲氣，我縮了一截，低下頭趕快刮漆。

她繞了一圈，奧百桑與小姐們一個個低頭工作，沒有一點聲息。

「她叫什麼名字？」我看她走了，低聲問身邊的奧百桑。

「魏月嬌。」

「我不是番啦！我是平地人。」我向她們說：「魏月嬌是領班或管理員？」

「領班。」後面有人答。我一看到她就猜她是領班，沒有猜錯。

「妳幾歲？讀什麼學校？」

「我二十三歲，高中畢業。」

「高中畢業?!」奧百桑們一個一個驚奇地抬頭打量我：「高中畢業也來做工？」

「真可惜，讀高中也來做工！」老的少的七嘴八舌：「實在可惜。」

「現在教育普遍了，讀高中有什麼稀奇？」我坦然笑道。

「做工卡可憐哦！嫁沒有人要喔！」一位年輕小姐打趣地說。

「職業是神聖的，沒有什麼可憐不可憐。要說可憐做皇帝、做老闆也有他可憐的地方。」

我說。

工作中談話的內容，重覆埋怨著一般人對女工近乎凌辱的歧視。

做了幾天，蘆筍還沒來，工作依然是整理工廠的雜工，工廠整理完，將罐頭搬進倉庫裏。

我已能認識幾個人，對較有接觸的一些同事的特徵已有清晰的印象。她們的教育程度都很低，奧百桑們多數沒有讀書，年輕的小姐大多國校畢業，讀國中的很少，我是教育程度最高的一個。食品工廠工作的地方髒亂、潮濕，一般國中以上程度的女孩都不願意做。我曾在電子公司做過，因對視力太損受不了而離開，電子工廠的工作乾淨俐落，女作業員普遍具有初高中程度。我一向覺得我們的教育程度普遍是初高中畢業，但一到這家食品工廠來，才發現沒有讀書和國校讀完家貧沒有再讀國中的人仍有一些人。而食品工廠的員工就是這些不怕工作環境髒亂潮濕、教育水準較低的人。

工廠機器沒有開動，沒有熱水洗澡，要洗熱水的人自己去燒。我剛來人地生疏，不好意思到廚房去燒水，咬牙忍受洗了幾天冷水。鄰室的吳太太今晚為我燒了一壺熱水。

「原卿啊！我們一起去洗。」吳太太上樓來叫我：「太晚洗會著涼。」

「我……我等一下吧。」我想那麼多人在一個浴室裏，赤裸裸的在一起洗，多難為情。

「慢慢妳就會習慣的。」吳太太擠眼笑道。

寢室裏的其他兩個女孩上餐廳看電視，我感謝吳太太為我燒水和她像一個母親疼愛女兒那樣關照我，我出去買了四個包子請她來我寢室一起吃。

「妳不要亂花錢，出外不比在家，身旁要存幾個錢，要用就有。」吳太太嚼著包子，樂得眉毛都會跳動。

「幾個包子不過幾塊錢而已。」

吳太太四十出頭，大概是操勞過度，蒼老乾瘦，無論上班或下班後，都穿工廠發的這套墨綠國民服工作衣。工作服本來就做得寬了，穿在她瘦癟的軀體上，好像在她身上掛一張蚊帳。她告訴我，她有二男二女，男孩都在服兵役，兩個女的國中畢業後就到電子工廠做作業員。

「妳將來選丈夫眼睛要張大一點。」她吃完包子抓起床邊吊的毛巾擦擦嘴：「我那個死人好吃懶做，不做事，靠我做工過日，還不時喝得顛顛醉。」

「妳常回去？」

「孩子都長大出去了，我很少回去，他很高興看到我回去，我半個月才回去一次——拿薪水回去。」她黯然欲淚：「我最嘆嗟的是孩子不讀書，四個都是只讀國中就不讀了，將來還是像他媽媽一樣苦一輩子。妳應該再去讀書，不要做工。要做事也不應該做這種事，這是我們沒有讀書的人做的事，妳高中畢業應該去找一個拿筆的工作。」

我向她苦笑，不知道怎麼回答，她的觀念竟與我父母、兄長、大姊完全一樣。我敷衍地說：「拿筆的工作讓有背景的人去做，我這個從花蓮鄉下來的草地人沒有背景，就做生產工作。

現在讀書已很普遍了，大家做拿筆的工作，誰做生產的工作？」

「妳高中畢業就出來在工廠做？」

「剛畢業時在我們鄉下的小學當一年代課老師，後來在家玩了一年多，想自己應該出來做事賺一點錢，也受不了媒婆整天要做親，跑出來做了一年多的女工，前月回去二十幾天，家裏的人不要我再出來，我硬是跑出去。」

「等蘆筍來了，妳就做計件的，計件的比較有錢，算鐘點的扣掉飯錢，一期不過幾百元而已。」

（三）

蘆筍期的頭一天，五六個股東都來了，我還沒見過的廠長也來了。他們像督學巡視學校般的巡視每一個部門看員工的工作情形，股東們邊看邊問廠長生產的進度狀況。

賴管理員集合大家圍在他身邊，他站在椅子上褲頭掉掉的挺著突出的大肚子宣佈道：

「今天起削蘆筍要特別認真，不可馬虎，我們公司這一期得獎，別家會跟我們競爭，另外檢驗單位也比較嚴格。為了慎重起見，公司聘請品管員，檢查你們的工作成績，不好的……」他口沫橫飛，咬一句，使一下胸腔的力氣，語調強硬：「要扣分——就是扣錢。成績差的，要辭頭路。」

他好像要表演一下給股東們和廠長看，「演說」完神氣地走去跟他們巡視各部門。

「爛心的不曉得在放什麼屁。」奧百桑們低聲說。「爛心的」是員工們為賴管理員起的綽號。

住宿舍做計件的奧百桑和小姐們，每天大清早四點左右就起來分青白蘆筍，削蘆筍、捧蘆筍、裝蘆筍了。天沒有亮，工廠已喧騰著工作聲和嘈雜聲。五點多經理已在呼喝了。大家對管理員及領班服服貼貼，拚命地工作。我很敬佩計件員工們的努力精神。話又講回來，也許大家貪做件工，早做能多做一些多賺幾個錢，不惜辛勞。

我被分配做鐘點的，七點半上班，沒有一定的工作，領班指派什麼我就做什麼。捧蘆筍的小眼睛奧百桑，大概是捧累了，靠近我身邊幫我裝罐，藉機休息休息。

「妳怎麼這麼傻，算鐘點的？」她手裝蘆筍進罐裏，瞇著小眼睛喘氣。

「怎麼算鐘點就傻呢？」

「錢少呀。」

「錢少比較輕鬆啊。她們做件的錢多，實在是早起來做，拚命做，晚上又加班做的晚，辛辛苦苦賺來的。」

「聽說妳是高中畢業，高中畢業也來做工，大才小用，浪費國家培養妳的錢財！」

「我能讀高中來做工，總比沒有讀書來做工幸福吧？」

「是啦。多讀幾年書總是強的多，光妳的人一看起來就跟大家不一樣，好像是妳高人一等，連兩個領班兩個管理員，看起來都沒有妳有修養。這要怎麼說……總是妳跟她們有一點不一樣。」她眼睛小，嘴巴卻寬大，滔滔講個不停：「不過，讀高中來做工，總覺得可憐又可惜。」

「做人就需要工作，工作就是做工，職業一律平等，不應該有貴賤之分，沒有什麼可憐的。」她們可憐我，我更可憐她們；教育水準低，政府保障勞工的法規，工廠應提撥的福利金，工廠應為工人加入的勞工保險等，她們都不懂，廠方也不尊重她們的權益。這個工廠毫無制度可言，派工督工任憑管理員和領班的吆喝，她們只知奴隸性的服從，不知道自己也有應享受的權益。話再說回來，我多讀幾年書看清了這些又若何？我區區一個小女工能為大家的權益爭取些什麼：「那妳為什麼不算件的，也算鐘點的？」

「那個騷領班不讓我做件的，我只好算鐘點的。我年紀大了，也不想拚了。妳年輕，能賺，做件的可以多賺幾個錢。」

「妳幾歲了？」

「五十七了。」她的頭髮短短的，電一捲捲細捲子，沒有吹風整理，一捲捲蓬蓬鬆鬆向上翹，像一窩雜亂的鳥巢罩在頭頂上。

「還年輕嘛。」

「到底是老了，不能跟妳們比。」

她是比實際年齡衰老多了，我看她有時在工作中蹲下後站起來都要雙手撐著腿喘氣。

「妳來這裏做幾年了？」

「九年了。」筍屑飛進她的小眼睛，她揉了揉，擷起衣角低頭擦眼油。

「聽說公司要加薪了？」我問她。

「應該會吧，好久沒有調整了，物價波動，錢都薄了。」

「妳一期能領多少錢？」

「半個月一期，工作多的話多做一些，領一千多元；工作少時能領九百多元就不錯了。」

談起要調整鐘點費，她眉飛色舞說：「多加一點薪，即使是工作苦一點也情願。」

她告訴我她老伴不識字，做散工過活，她有七個孩子，前面幾個因為家窮，小學畢業就讓他們去當學徒或做工，末尾的兩個兒子，書讀的不錯，一個讀高三了，一個讀大學二年級。

「我拚老命也要培養這兩個能讀的讓他們盡量去讀。」她的小眼睛亮起未來充滿希望的光彩。

「奧百桑！去捧蘆筍了，不用妳裝罐。」魏月嬌在門口指著她喊。

她去棒筍了，佝僂地抬一簍蘆筍在肩上走。

「蘆筍掉了，撿起來！」魏月嬌命令她。

奧百桑不理她，爛心的管理員眼睛瞪得有雞蛋大：「臭耳聾是不？叫妳撿起來聽到沒有？」

奧百桑放好塑膠籠，才慢斯條理的回身撿。不知道是她沒有領班的緣，或是手腳遲鈍討他們嫌，她常挨領班罵，我常看她做事總難合領班的意思，被魏月嬌喊這罵那，喊那罵這，百般折騰，我曾為她掉下淚來。好在她總是裝沒有聽到似的愛理不理。我想她讀大學的兒子如果看他老母為他的學費這樣受欺凌，不知有何感想？

（四）

剛四點多，天沒亮，我已被做件工的奧百桑和小姐們吵醒了。窗外天空黑黑的，樓下的工廠燈光通亮，她們在拚命工作了。我躺在床上睡不著，鄰床的小妹阿菊也在輾轉反側。

「起來吧，我們六點去上班。」阿菊起來搖我的腳。

阿菊跟我一樣她算鐘點的，十五歲，剛國中畢業，留著學生頭，還是小孩的身材，做起事來劈哩巴啦快得很，不輸我這個大人。我們真的六點就去上工了。

魏月嬌來了，我正高興今天多賺了一點半鐘的工錢，趨前向她說：

「我和阿菊早上六點上班，麻煩您給我們簽六點開始算鐘點。」

「喂！林進宏！」魏月嬌不看我們，臉朝另外的一個管理員破口大罵：「你們是幹什麼的，怎麼讓她們六點就上班？以後七點二十才可以上班。」

她踱走了，我跟小妹靦腆地苦笑。做鐘點的趕工時，她們鼓勵早一點起來做，這兩天蘆筍少一些，要恢復七點半上班，可以好好講，何必這樣給人難堪！我覺得受了很大的侮辱。

砰！小妹捧著蘆筍力氣不夠失手摔了，筍枝迸了一地。

「做事一點也不小心，捧一些蘆筍也掉下去，飯桶！」

魏月嬌狠罵她，小妹嚇得臉色筍白，蹲下來撿迸出的蘆筍。

我對魏月嬌有了反感，為什麼這個標緻的女孩，使起領班威風竟是那麼潑辣。據說她只小學畢業，十四歲就來這家食品工廠當童工；由於能幹加上漂亮，二十歲那年升為領班。鐵槽內的蘆筍有多重，對一個小孩的負荷有多大，她應該知道，她做童工時也捧過的，或許她現在是個領班，過去的都忘了。

「老的，叫你不要把筍仔浸入水內那麼久，會臭掉聽見沒有？」殺菁那邊方經理像獅子在吼叫。

被嚷的老工人咳嗽著，他賺一塊賭一塊，可能昨晚賭暈了頭，才沒頭沒腦的把蘆筍大堆大堆的塞進殺菁過的高溫水中，無法移動，浸久了，蘆筍煮爛了，惹起經理急跳。

「你們捧筍要公平一點！」切筍那邊有一個中年婦人在叫囂：「不要好賺的儘是捧給別人切，不好賺的都捧到這邊來。」

「你要切就切，不切就算了，窮嚷什麼？」魏月嬌站起來兇她。

「什麼領班，什麼管理員，做事一點也不公平，不是伊娘生的……」中年婦人臭罵出一連串粗野的字眼。

「妳明天不要來啦，我們不稀罕妳。」

「不來就不來，如果我真的靠賺妳們這幾文錢吃飯，早就餓死了。」

大家屏息工作聽她們相罵，沒有人敢挺身勸導。據說那位婦人鬧起來的原因是：粗大的好蘆筍削起來快又好削，計件磅起來重量多，賺錢多；魏月嬌暗示托蘆筍的男工把好蘆筍捧給她喜歡的人削，年輕男工往往又把好削的捧給他們喜歡的漂亮女孩削，那位婦人削的都是壞的，忍不住氣，發起脾氣來。

「喂！大家趕快整理自己腳邊、機械邊的筍皮。」爛心的從辦公廳衝進工廠來喊。

「筍皮撿起來。」魏月嬌沒有時間相罵了，丟下發脾氣的婦人，過來督促。

「大官要來啦，趕緊！趕緊！」吳太太故做忙狀彎下身撿筍皮。

大家把雜亂的筍堆，簍筐整理清潔，撿完地下的筍屑，等檢驗的「大官」來檢查。

「還沒來？」吳太太似乎等得不耐煩：「檢驗的人都很不錯，每次來總在辦公室停一陣子，讓我們有時間整理。」

「無按呢，伊們要吃啥貨？吃土沙喲？」小眼睛的奧百桑說。

「沒有妳的事。」魏月嬌喝她：「眼睛那麼小，嘴卻那麼闊，不要闊嘴愛講話。」

她又挨罵了！

中午十二點半上班，我吃過飯上寢室靠在床上，拿一本書翻著看，魏月嬌上樓來喊我：

「上班去啦！」

「時間還有七分鐘。」我看看錶。

「下去了，還看什麼書！」我丟下書隨她下樓。

「原卿，用跑的，趕緊去，不然妳會挨罵。」吳太太為我著急。

「還有七分鐘，急什麼。」我慢慢走，沒有跑。

「田原卿！」賴管理員挺著肚子站在前面一聲雷響，我嚇了一跳：「妳幹什麼，慢慢趖，趕緊上班。」

爛心的！我在心裏學女工們背後咒詛他的綽號。他一副小人得志搖頭擺耳樣，愛怎麼吆喝就吆喝。同事們撩眼偷瞄我，我臉熱熱的向前竄上機械工作。回頭一看，爛心的嘻皮笑臉在逗玩一個女孩子，女孩鄙睨著他，躲開他。

我開始對這個工廠產生厭惡感，也許我會像小眼睛的奧百桑一樣常常挨罵。

（五）

這個星期日難得休息一天，宿舍的女孩子沒有回家的，都打扮的漂漂亮亮出去玩了。我正準備去大姐家，阿娥進來找我。

「有什麼事，阿娥，妳沒有出去玩。」

「……」她答答滴滴說了幾句，我聽不清說些什麼，心想大概不重要，也不想再問她。

她畏畏縮縮似有話要講又不敢講，坐在床沿看我翻取要上大姊家去的簡便衣服。

阿娥說話口吃，咬音一團糟，注意聽也聽不清她在說什麼。一句話要問她好幾次，半猜測，半研判她的口型，再複述問她對不對，否則只看她唧唧答答在動嘴巴而已。宿舍裏沒有人有耐心聽她的話。她沒有朋友，很孤獨，偶爾來找我出去走走。她告訴我她的缺陷小時候可以開刀治療，家裏沒有錢，給耽誤了；現在已經長大，不能開刀了。當她告訴我她連國民小學都沒有讀時，眼眶紅紅的蓄滿淚水。

廠裏有一個十七八歲的年輕小伙子阿柱，跟阿娥一樣口齒不清，只是他沒有阿娥那麼嚴重，常叼一支菸顯示他已是大人。由於先天的缺憾，使他不時獨坐沈思。天氣熱，托蘆筍經常脫光上衣，露出他胸口和胳臂圓滾結實的肌肉。他喜歡把好的蘆筍托給標緻的女孩削，工作跟阿娥一樣很賣力。同事間同情他們之外也喜歡打趣為他們做媒。

「阿柱，做阿娥給你好嗎？」

「我莫愛，伊講話我聽無。」

「啞巴也要挑剔。」魏月嬌插上嘴：「沒有人要嫁你都會哦，你莫愛？」

「沒有人要嫁我就算了，不稀罕。」阿柱銜著魏領班咿咿唔唔嘔得臉發紅。

阿娥低頭分她的蘆筍裝做沒有聽到，阿柱生氣的挺高胸肌拚命托蘆筍。

我整理好要上大姊家了，阿娥還坐在床沿有話不敢說。

「阿娥。妳有事趕快告訴我，我要去我姊姊家了。」

「原卿姊，妳，妳四十四十塊借我，我要回家，回家沒有車錢。」她結結巴巴說出她要說的話：「我，我前期領的錢，都寄回家了，寄回家了，身邊沒有留錢；妳借我借我車錢，再幾天領錢我就就還妳，我還妳。」

我從花蓮家裏出來時，身上只有四百多元，乘車及買一些日用品，到現在口袋裏只剩四十五元。我本想叫她向別人借，想想很少人能聽懂她的話，她哪裏去借錢？看她那副渴望回去的神態，真不忍心使她失望。

「四十塊夠嗎？」我從口袋裏掏出所有的四十五元，自留五元，拿四十塊借她：「從台南到屏東竹田四十塊夠？」。

「夠——了，夠了。」她接著錢展眉而笑。

「妳回去吧。」

「謝謝妳，再再三天領錢，我一定一定還妳。」

她回寢室去整理行李了。

我走到公路要回大姊家，本要坐公路車，摸摸口袋只有五塊硬幣，到大姊家兩塊半，五塊錢剛好往返的車錢，但我握著五元硬幣想起阿娥從台南回屏東竹田只帶四十元，竟捨不得花它。望著公路車靠站停下來讓乘客上車，又普地開走了。

到大姊家約要走五十幾分，我揹著袋子一步一步向前踢，走了三十幾分，腳已發痠了。公路長長直直的，柏油路面蒸發日光炎白的熱氣，車子一輛輛來去飛馳。路還好遠，腳越走越痠，我就為了省兩塊半錢？

錢太難賺了；再三天領錢，我數著我進廠半個多月我做多少鐘點，每點鐘九元，扣掉飯錢，大約可領八、九百元。我暗笑自己，手做得起泡，小腳碰破了傷口還沒好，錢真不容易賺！好在家不靠我吃飯，如果也學人家趕時髦，可能賺的都不夠自己花。一個人漂泊在外，我會不會被現實生活拖下海……我不敢再想下去，覺得不花兩塊半用走的，也是磨鍊自己。

到大姊家先向她拿兩百元來做零用？不！大姊激烈反對我出來當女工，還是不向她伸手吧。

（六）

一上班就生活在吆喝聲與機械聲中，而且隨時會受領班、管理員派工或工作不如他們意挨罵。近日情緒很壞，宿舍裏男女工人嘻嘻哈哈地開玩笑，我卻難於參與，他們說話很粗野，講話毫無掩飾，男的追女的，女的追男的，跑來追去。這是他們的樂趣，如果不這樣，那工作之餘，他們也不會去看書，隻身在外，離鄉背井，享受不到家人的溫情，又沒有一點康樂活動，生活實在太單調了。

傍晚下班前，我包著頭巾在沖洗蘆筍，全身濕漉漉，忽然看到大姊進來找我。

「大姊！」我脫下頭巾，雙手滴著水，看看自己一身狼狽狀，將手在臀上的裙子抹乾，向她聳肩裝笑。

「叫妳不要來做，妳偏要做這個工，作賤自己！」大姊噘著嘴，看她又氣又愛憐：「爸爸不放心，老遠從家裏來看妳，晚上回大姊家去，看妳這樣子不挨罵才怪！」

「妳不要把我的工作真相告訴爸爸就沒有事了，千萬拜託！拜託！」我向她打拱作揖。

跟父親在大姊家吃過晚飯後，在客廳裏大姊把我的工作情形據實向父親描述，我使眼尾暗示她不要講了，她還是全盤說出。

「我千勸萬勸，不住家裏，就住我這裏，她姊夫在外面做事，一個月只回來一兩次，跟我做伴也好，她就是不聽。」大姊真是一個長舌婦：「要找工作也找一個像樣的，在那個食品廠當女工，你沒有看她包著頭巾，圍著一條破圍巾在洗蘆筍，全身濕漉漉，真像一個老婦人，哪像一個未出嫁的女孩。」

父親聽得咬牙、抿唇、鼓腮、吐氣，我如坐針氈，低頭咬唇。

「妳已經二十三歲了，難道要一輩子在工廠做女工？」父親忍住滿肚子的氣，壓低聲音顫抖著：「應該為自己的將來打算。」

「做女工也是工作嘛。」

「妳做那個工作有什麼前途？」

「工作就是工作，哪個工作有前途？什麼工作還不一樣都是上班領薪水。」

「我看妳也不是做工的料，人家真的要做工，進一個工廠就一面做下去，妳出來一年多換四、五個工廠，地址不定，到處流浪，擔心就擔心死了；不曉得妳還在不在原來的工廠，或又流浪到哪裏去了？社會那麼複雜，會不會碰到壞人被拐騙了？妳一出來就像斷了線的風箏。」

我默然沉思，父親已六十三歲了，兩個哥哥都在花蓮市工作，家裏五六分地還靠老倆口耕種。我張眼看看父親；皮膚被太陽晒成古銅色，油亮發光；臉瘦瘦的，腮幫癟成兩個乾窟，顴骨顯露，眼窩塌進眶骨裏。我這麼大了還讓整天在田裏忙碌的老父操心，未免太不孝順了。家人笑我一年換二十四個頭家還來得及回去吃尾牙（除夕的拜拜）。這並不是我怕苦或沒有耐心，乃因我在工廠碰到看不慣的事愛說話，不是跟領班吵架，就是難見容於老闆，不換廠又要若何？跳廠使我多看了幾家工廠的情況。

「有大姊在這裏我才敢來，我常跟大姊保持連絡，並不是斷了線的風箏。」

「兩個哥哥都要妳回去，不要在外面奔波吃苦了，家裏不愁妳吃穿。」

要說在工廠工作苦，種田更苦，又要頂著火似的太陽工作，我跟一般年輕人一樣不願意下田；鄉下除了父母的掌上明珠，怕到都市被人拐騙的女孩之外，年輕人都往外跑了，與其在家死坐活吃，整天讓媒公媒婆來游說。不如出來在工廠做工。像樣的工作我沒有背景，沒有人事，做工又有什麼不好？

父親半勸半訓說了一夜，我仍然沒有答應要回去。第二天晚上下班回大姊家送他到公路局總站搭車。

「妳真的不回去？」父親手提行李排隊等車。

「我跟大姊做伴。」

父親嘆了嘆氣，在褲袋裏掏出一疊錢遞給我。

「這一千元給妳做零用，買一兩件流行的洋裝穿穿，稍微打扮打扮，看妳在工廠一做，又穿的隨便，真像一個工人。」老人家眼窩裏的眸子凝視著我：「歲數也不少了，可做親了，換一個像樣的工作，比較容易找到好對象。」

車掌在撕票了，父親隨隊伍向前移。

「我有錢，不要拿，下個月領錢我還要寄回去呢。」我把錢搋進父親的衣袋裏：「我會保重自己，愛惜自己，何況還有大姊時時關照我，您和媽及哥哥嫂嫂們儘可放心。」

父親剪了票進欄干內，車子快要開了，他隔著欄干拉起我的手把錢放在我手心轉身跳上車。

「回去吧。」車子開了，他探頭出窗口說。

望著公路車背後下面放出一束黑煙離去了，爸到高雄搭十一點半的夜車，明晨四點多到台東，在台東等兩個多小時乘六點多的火車回花蓮，花蓮再乘車回鄉下，下車後還要走一個多小時，要明天傍晚才能回到家！千里迢迢，我竟忍心使他失望而回！握著手上的錢，一陣心酸，我掩臉抽泣。

（七）

一上班我被派削蘆筍，接著要我分青筍和白筍，接著又被喊去裝罐頭。鐘點計薪沒有一定的工作；從削筍、分青白、沖洗、把筐內的筍移至殺菁部加煮、過濾、冷卻、裝入罐頭中、機械部封罐、移入倉庫等，這一連串的生產過程中，哪一個部門需要增加人手，隨時指派妳去做，任憑領班喊這做這，喊那做那。今天廠長來巡視工廠，魏月嬌顯得特別勤快，嗓門也喊得怪響亮的，我對她早已煩透了。對她的使喊要做什麼我就去做，但懶於去答應她。

「田原卿！叫妳進來裝蘆筍聽見沒有？」她唯恐廠長不曉得她在用心指派似的大聲喊。

我很不服氣，垂頭快步去裝蘆筍，她銳亮的眼神翻白瞪我一下，我實在忍受不住了，她動輒喝人「臭耳聾喲？」，真想衝她發一陣脾氣，想想也就忍了。

她看我在裝罐了，嘴角漾起一絲笑意，滿足她行使領班權威的支配慾。

跟我一組裝筍的是剛來實習的農校快畢業的學生，我們勤快地裝筍，我故意跟他講話，想氣氣魏月嬌。

「這個工廠的管理方式很奴隸性。」他說。

「她們就會這一套，覺得自己很神氣。」我壓低聲音，但仍故意使魏月嬌聽得到。

魏月嬌在機械邊狠狠拋來白眼。

「不正經的女孩才一面工作一面跟男孩子講話。」她向身邊的婦人說。

「不會啦，她很正經，跟別人不一樣。」

「喂！我給你跟這位小姐做媒好不好？」小眼睛的奧百桑捧筍來，向實習生說。

「我還細漢。」男學生臉色飛紅。

我看他一臉純真不覺好笑，忙岔開話題，小眼奧百桑未再說下去。

幾個切筍的婦人沒有筍切了，圍著休息，她們實在是太累了。她們沒有筍切、我們就沒有筍裝，趁機喘一口氣。

「田原卿，她們計件的在休息，妳計鐘點不能休息，到外面去分青白。」魏月嬌下命令。

我討厭她任意支配，去捧一鐵槽的筍，叫小眼奧百桑進來切給我們裝。

「誰叫妳叫她進來切，叫妳去分青白，妳叫她進來做什麼？」

魏月嬌衝著我嚷，轉身狠瞪小眼奧百桑，奧百桑眼眶紅紅，滴著淚小聲抱怨：

「我真不甘願，每次就是讓她這樣瞪，我七老八老了，她給我做女兒都嫌小。」

「我聽見啦，妳小聲一點好不好。」

我忍無可忍，放盡聲帶，音量比她還大：「妳當一個領班夠神氣了，不必用喊用嚷的也一樣神氣。」

她傻了。

「我給妳講，妳只能在這個食品廠做女暴君，一點管理心理都不懂，只會喊會嚷，妳到別的工廠去做女工，人家還嫌妳太漂亮，太潑辣啦！」應該是我講話的時候了，我嚷著諷刺：「什麼領班，什麼管理員，全是混蛋。目無尊長，呼上喝下，把大家都當做奴隸，簡直太不像樣！」

「女孩子默默地做，管她去唸。」好幾個奧百桑過來勸我。

廠長、經理、爛心的跑來站在門口看，他們看我已低頭在工作悶聲不響，不便插嘴。

魏月嬌瞟了瞟他們，像要他們過來罵我，他們前後返身走了；她坐上領班桌子邊，跺腳擂桌，哭得肩膀聳動。我意想不到她竟會使出一般撥婦慣用的武器！

她哭著走過隔壁叫一個清洗蘆筍的女孩傳話給我，要我明天不要來工作。

（八）

推開門進入電話亭，我拿起話筒投下一元硬幣，撥了號碼。

「慶豐食品工廠。」對方說。男人的聲音，好像是廠長。

「我請王廠長聽電話。」我忐忑不安。

「我就是，您是哪位……」

「我是您工廠的女工田原卿，下午我跟魏月嬌領班吵架的事很抱歉！對貴工廠我有些意見，想請廠長出來談談，是不是可以？」

「現在嗎？」

「如果現在不耽誤您，最好是現在。」

「可以。」他答的很乾脆，似乎對我要說的意見很感興趣：「妳現在在哪裏？」

「我在工廠左邊路旁的公共電話亭，我們就在電話亭北邊的冰果室見面。」

晚飯後，員工們都去加班，我沒有去，跑出來打電話。

從東部到台南來，本想一切忍耐點，就在這家食品廠做下去，不要再到處流浪了。沒想到做了一個月零七天，我又要看報紙的人事欄奔波找工作了！

廠長真的來了，近五十歲的人，一副健康朗爽的福相。穿條花襯衣，淡灰青格燙得畢挺的西褲。粗壯高大的軀體，真有一個總經理的派頭。

「我接到電話好驚訝，怎麼會有女孩子向我約會？」他故做幽默，輕鬆地笑笑。

「對不起，讓您專程出來。」

「我知道是妳，要出來時我上工廠去看，沒有看到妳在加班，更確定是妳。」

我在電話中已報了名，可見他認識我的人，不知道我的名字：「魏月嬌對妳怎麼了，使妳不高興？」

「其實對我個人並沒有什麼。」

我隨他進入冰果室，擇吊扇下面的座位坐下來。他叫一盤西瓜，我叫了一杯檸檬汁。

「今天的事我不太明瞭，妳把前後發生經過告訴我一下吧。」他掏出香煙，抽一支點上火，銜上嘴吸，眼睛老是瞅著我。

裝糊塗，當時他就在現場。

「我要向廠長說的，不是魏月嬌對或我對的事，誰對誰錯都無關緊要。我約廠長出來是我不想幹了，在我離開之前向廠長提供幾點意見做參考。」

「妳說吧，我聽聽看。」他呼出煙，側身蹺上二郎腿。

「我來慶豐雖然只做短短一個月多，但這段期間我發現您的工廠一點制度都沒有。您們的管理方法就是任憑兩個領班兩個管理員的呼喝；分工沒有一定的程序，一會兒喊做這個，稍停又喊做那個，就這樣在推動生產。」

「是這樣嗎？」他睜大眼睛反問我。

「是不是這樣您比我更清楚。」

「可是從工廠開張到現在十二年來，他們管得很好，工廠也經營得很順利，他們沒有不對。」

「您不覺得領班和管理員整天的吆喝，養成一些員工們的被動性。管的人喊得喉嚨嘶啞，費神又受氣，也傷害員工的人格尊嚴。日子久了，員工們當做是狗吠火車。我要建議的是您當廠長兼總經理，是工廠最大的股東，大權全握在您手上，您應該把工廠建立一個健全的制度。激發員工們對工作自動自發去做；領班也可遵守制度來管理，不必全靠喊嚷。」他被我一說，尷尬不安，我趕快打圓場：「也許廠長事業做得多，又要兼內又要顧外，照顧不到。在十幾年前台灣還是農業社會，您們這一套管理是不錯的，有的工廠比您們還糟，假日晚上都要工作，也不給加班費。但現在已經進入工業社會了，政府實行保護勞工的政策，工人也在覺醒，多數老闆不得不接受工業社會的新思想，根據政府保障勞工的法令改變管理方式。農業社會老闆僱人，當做下人看待，以前工人吃的飯是他老闆賜予的，任意呼喝；民生主義的工業社會，工人出勞力，老闆出機械和本錢，大家同樣為生產努力，勞資地位平等。一切都在進步，您們工廠如果不建立一個健全的制度，可能再過一陣子就請不到人。」

「我也常想建立一個制度，但是食品工廠員工的水準都很低，很難建立起來。」

「話不能這麼講，食品工廠的工作因為冷凍、潮濕、髒亂，一般有初高中水準的女孩不太會來做。換句話說，來做的人就是揀別人不做的工作由她們做。她們水準較低，您的工廠更應該建立一個健全的制度，好好照顧他們。」

「我研究看看。」他挾著菸點點頭，菸一直沒有吸，整支焚成一半多的灰。

「像我剛進來做的那十天，蘆筍的工作怎麼做我完全不懂，也沒有人告訴我生產的工作過程，教我每項工作怎麼做。領班派什麼做什麼，工作不會，做錯了她大喊大罵。這種辦法已經很落伍了。」我吸了一口檸檬汁，他誠懇地聽著：「您們應該對員工負起訓練和教導的責任，擬出一套辦法，建立良好的賞罰制度。這樣管理起來就不必靠領班呼喝。」

「她們的流動性很大，要樹立一個好制度相當困難。」他打掉菸灰，吸了一口。

「因為你們沒有制度，任意吆喝，有不少人受不了，當然流動性大。」

「可以研究研究。」他炯炯的眼神又瞅著我看，我避開他，眼看桌上，嘴含吸檸檬汁的麥管。

「是不是您們吃定了您們員工知識水準低，他們什麼都不懂，您們工廠都沒有按照政府照顧勞工的法令在做？」我抬起頭望著他問。

「我們怎麼敢違法？我們一切都遵照法令在辦。」他驚訝地張大眼睛：「稅金我們都照納。」

「那您們工廠有一百多個員工，沒有一個您們為他加入勞工保險——我不是講稅金。」

「這？」他吸了一口菸想了一會兒：「我們是小工廠，加入勞保一年要為每人負擔約等於一個月薪水的勞保費，小工廠實在負擔不起。再說，勞保對員工們也沒有什麼好處。」

「工廠我做過四、五家，我看的也不少。您們的員工都不懂這些法令，不然如有一個提出檢舉，您們在法令上是站不住腳的。」我看他臉色紅了紅，語氣轉為溫和：「為員工加入勞保是一個企業家照顧他的員工應做的事。他們投了保，萬一生病，看病不要錢；年老不做了，勞保有一批養老金可領。」

「這我回去再研究研究。」他有點坐不住的樣子。

「我看廠裏同事的工作情形有時很感動。她們感冒，照樣工作；受了傷自己買藥敷敷，照樣工作；被領班管理員罵，她們認為應該的，極少反駁，少數幾個在背後埋怨幾句而已；領班要加班就加班，趕工時禮拜天也不休息。這種員工，當老闆的應該自動照顧他們。」

「我們是很照顧的，有人受傷就醫，工廠都照付醫藥費。星期假日工作也多給一些薪水補償，這種福利公司是很注意在做。」他俯著上身一口氣把一盤西瓜吃了一半多。

「這哪裏算是福利，國定節日及星期日，工廠法規定要放假的，員工犧牲假日加班，法令規定加班費應多薪水的三分之一，您們根本沒有這樣做。可以講您們沒有假日可言，像我做鐘點的或是別人做件的，禮拜天沒有做就沒有薪水，這還算什麼假日；節日及星期日休息應該是要照拿薪水的。」我越說越激動，聲調一高起來像在跟他爭論：「所謂工廠的福利，按照福利金條例規定：一個工廠成立時要提撥資本額的百分之一到百分之五；每月的營業額要提撥百分之〇點〇五至百分之〇點一五；下腳賣掉要提撥百分之二十至百分之四十。這些錢拿來辦員工的福利事業才能算是福利，您的工廠根本都沒有拿出這些錢來辦。」

「這個……？」他答不出來，連插兩塊西瓜塞進嘴裏嚼，原來的菸燒剩一塊菸蒂，他在菸盒抽一支含在嘴上拿舊的引上火後，把菸蒂按上菸灰缸捺熄：「是這樣，我們每半年辦一次遊覽，經費都是公司出的，這就是福利。」

「太少了吧？」

「小公司嘛。」

「我聽說公司很賺錢，廠長因開了這家食品工廠賺了錢另外創辦三、四種事業。沒有賺錢可以不必講，既然賺了錢照顧自己的員工應該是一個企業家的責任。」我向他笑笑：「廠長賺錢都往自己的口袋搋，未免太刻薄了，多給員工一些福利，改善工作環境，照顧他們的生活。這樣做就算沒有賺錢，也可說是個好企業家，員工也會感謝您是個好老闆，為公司拚命生產。」

「妳說的都是好意見。」他拍拍我擱在桌上的手掌：「再回去做吧，犯不著跟魏月嬌吵了嘴就不幹了，我想慢慢改變他們的管理態度。我們的員工算妳看的書最多，把妳在其他工廠看的好制度，一項一項提供給我，我們一起改進。」

「我不想做了，我再做下去有損魏月嬌的領班尊嚴。」

「什麼尊嚴？」他站起來付了錢：「走！一起回工廠去，他們都在加班，最近是旺季，大家賣力一點。」

我跟在他身邊走，晚上一時衝動約他出來，我不曉得自己說了些什麼？只覺得他還算是一個誠懇的老闆，平時只知道絞盡腦汁忙於賺錢，對照顧員工的法令一知半解。至於是否接納我的建議，我想待下來看他怎麼做，再不斷的提供意見給他，他若不接受，我就提出檢舉。

（一九七七年八月脱稿，發表於台灣文藝）

起飛的時代——跋

大約民國五十二、三年以前，鄉下的女孩子到都市找工作，很少有就業機會，多數是當女傭。那陣子教育水準低，農家女孩國民學校畢業後，除非家境好，一般都沒有升學。家庭需要幫忙的，有的下田工作，有的十四五歲到都市給中上家庭煮飯帶孩子，每月賺個三五百元（民國五十年的幣值）。十八九歲長的漂亮的，到百貨行當店員，能被僱為店員的女孩算是很神氣的。最普遍的是學一點技藝，洋裁、編織、繡花等補習班到處可見。少數人在織布工廠或成衣工廠當女工；那時的織布工廠還不多，成衣加工做整件的，必需具有做衣服的技術，一個女工要經過一年半載的學徒才能勝任。不像現在分工分的很細，不必什麼技術就能做，所以要到成衣工廠當女工並不簡單。女孩子也普遍沒有就業的觀念，在父母身邊幫忙家務等嫁人，二十歲左右就結婚了，二十三四歲未出嫁已經算是老處女了。

民國五十五年，高雄加工出口區成立，整群的女孩湧進加工區賺每月六百元的薪水。繼之台灣的製造業起飛了，針織廠、紡織廠、食品加工、電子工廠、木業、塑膠……，工廠一家一家在市鎮、在郊外的路邊冒出來。年輕女孩從農村，從都市湧進工廠加入生產行列。本來只要中級職員以上的家庭，每月肯花三五百元，就到處可僱到女傭，已開始發現女傭難求了，報紙偶爾可看到主婦不滿女傭態度轉變的報導，現在要當女傭的人極少，非上上家庭已僱不起了；中上家庭的主婦都要親自下廚、理家務、帶孩子，不可能再有女傭「頭家娘短，頭家娘長」，服侍得無微不至了。這是經濟發展帶給人平等的機會。

這不能不感謝各界的奮鬪，把我們由落後的農業社會向前推進為開發中的工業社會，創造就業機會，使家家足以溫飽，教育水準提高，民智大開。繼之而來的是社會結構轉變了，價值觀念也轉變了；女權提高，女孩子跟男人一樣要有工作才算是正常的人，三十歲沒有結婚不再是老處女，工廠女工普遍是高中畢業知識豐富的人。

從五十二年至六十二年這十年間，是製造業外銷的黃金時代，MADE IN TAI-WAN 的貨品暢銷全球。幾乎只要稍微有一點腦筋，能籌一些本錢開工廠的人，就能大賺錢。很多白手創業之人，蒙經濟起飛之蔭，數年之間成為億萬富翁。只要您偶爾翻翻經濟日報的副刊，不時會碰到介紹創業天才，在五、六年七、八年之間，由「兩隻腳夾一個羼脬」（台灣俗語一無所有之意），到創辦數家工廠，擁有幾億幾億的資本、幾百至幾千的工人，身兼幾任董事長幾任總經理的過程。這些為數不少的創業奇才，都恨不得一個人拆開成為十個人，他們也有十個董事長總經理的職位好當。

而我認為這些奇才並沒有什麼了不起，除了「時勢造英雄」之外，應歸功於政府政策的輔導和女工廉價的工資。無以數計的女孩在她青春的待嫁期間，拿微薄的工資默默地為經濟發展貢獻個人的力量，使創業者賺大錢，累積資本造成奇才。換言之，也可說經濟發展的獲益分配欠平均，未能完全達到民生主義均富的理想目標。但這些奇才者對經濟發展的貢獻是相當大的，他們除了少數是舊地主轉移資本及某些繼承祖產外，有的擺地攤出身，有的做小生意出身，有的學徒出身。草創時期東借西湊，湊一些本錢買一塊地皮，地皮抵押貸款建廠房，廠房抵押貸款買機械，機械抵押貸款買原料。票期發薪期到了，到處借錢趕三點半。就這樣一塊錢做六塊甚至十塊錢的生意，青黃不接，勞心苦戰，不要命的向前衝，這份苦幹精神實在值得敬仰。

開發初期工人仍跟創業的老闆們一樣苦幹，沒有假日沒有星期日，趕工甚至做到三更半夜。數年後老闆輝煌騰達了，歌台舞榭，一擲千金毫無吝色，而工人仍然是「手面賺食」，仍然「兩隻腳夾一個羼脬」。

最笨的大概是我，十七八年前我就進入工廠，比後起之秀的董事長們早七、八年知道工廠是什麼樣子。差別的是我進入工廠當工人，而董事長們將不成型的「小工場」造成「小工廠」，混成「大工廠」，滾成有一廠二廠三廠四廠五廠的「大總廠」。而我呢？十七八年前進工廠時每月薪資九百元，不足以養家；十七八年後的今天記不清有多少次的調整與升薪，現在每月領五千元，也不足以養家，這是鈔票貶值，不是我生活水準提高。但我下班後可以兼業，足以養家之外還有餘錢買摩托車，也算「有車階級」，只是不能與董事長們比。很多人不願像我這麼傻，安於工人的職位，想盡辦法籌資當老闆。最近與幾位董事長朋友交談，他們埋怨市場有限，老闆實在太多了，使他們生意難做！

董事長之輩在世俗眼光的判斷下，雖然錢多，地位高，但個人所得的多寡並不能代表一個人對社會貢獻的標準，各盡所能為人類服務，同樣具有他的價值。

我之所以寫這段，是太多的工廠員工寫信給我，認為他們的工作毫無價值，職位低薪水少，換工作換來換去也是如此，前途無亮，天天生活在苦惱中掙扎。在幾次與工廠女作業員的座談中，均有人向我訴說這些事，甚至有人激動地怪我未盡言責。當我寫這篇後記時，正好也接到一封這類的信，我照錄於後：

楊先生：

數年之前就聽過您的大名，因為一直很忙，未曾拜讀您的作品，實為遺憾，去年，中國時報刊登過顏元叔評我國當前的社會寫實主義小說的評文，裡面有一段是評您的，而當時我還在唸書，大概是在準備二專夜間部聯考或基層特考，抽不出時間去翻那本《工廠人》，今天有位同事看見我在看書，就告訴我，她那兒有好幾本書，其中一本就是《工廠人》，好久以前就想看了，好不容易碰上這麼巧的機會，借了回來，連夜看完，您寫出了隱藏在我們內心的話，平生尚未寫過信給作家，第一次動筆寫給您，恐怕有些僵硬，有些生澀，請別見笑。我是XX工廠的一名女工，高職補校畢業，去年六月份畢業的，現在正是有許多牢騷要發的年齡，我很有自知之明，知道自己平凡渺小，識陋寡聞，但絕不認為當女工是一件很沒面子的事，也不引以為恥，很感謝您為我們寫出我們心裡想說而沒說的話，雖然顏元叔先生的批評也有他的道理，他說：「您應該包容工人更廣泛的生活層面，把他們當做完完整整的人來處理，賦予他們更多與更大的精神與心智向度」，我不敢說他的批評不當，但身為工廠人的我，幹了三、四年的女工，深感精神壓迫非常的重，上司苛薄的言詞，簡直教你切腹自殺，如果說：「女人是弱者」為了上司幾句苛薄的話，也要去自殺，連昨天那一次，我恐怕已經自殺過八百次了，我常高唱：學校是我的天堂，那兒有慈祥和藹的師長，有天真無邪的同學，那兒沒有生活擔子，沒有精神負擔。或者「唱」得有些過火，精神負擔在學校也是有，只是比起公司輕了一萬倍。一天有八個小時是在公司，在公司裡，我們就像您筆下刻劃的那一群，有的人對上司的態度是唯唯諾諾的，而上司對資本主（日本佬）則逢迎諂媚，拍盡馬屁，哈彎了腰，點落了頭，處處替廠方講話，壓制工人，度量大得能「置別人死生於度外」，反正他自己升得上去就好，管他工人餓死、凍死、氣死、統統沒有關係，對工人儼如秦始皇二世，高高在上，不可一世，對日本老闆則唯唯是諾，彎腰哈背，惟恐打破了自己的飯碗，故百般討好，趨炎附勢、奉承阿諛，您筆下的莊慶昌還有大拍主任桌子的機會，我們就連開口的機會也沒有，主任首先來個「先聲奪人」，再則來個「大聲制人」最後使出一招「不服從也得服從，我有權利支配你，我叫你到哪個部門工作你得去，不服的話可以滾蛋」，因為夜已經很深了，我明天還要上班，操作機械要打瞌睡的話，恐怕十指不能保全。

祝

愉快

XX敬上　一九七八、一、十夜

這幾年來，我跑遍各地看各種工廠，訪問工人同伴，類似信中所述的事不少。尤其是高中高職畢業的女孩，普遍有做女工委屈的心理狀況。這急待有關單位設法輔導，工廠管理階層和作業員們，應該互相溝通，使勞資和諧相處，共為生產努力。對青春期煩惱多的姐妹的心理，也應做適當的指引工作。

工業社會工人是最多的一群，人總是要工作的，大家不做工誰來做工？教育水準普遍提高了，以後連大學畢業的人也要做工的，職業不分貴賤，如何使做工的人認識他工作的價值，不自卑，不覺得委屈，不致天天為脫離工人圈子掙扎，這是刻不容緩的事。個人認為要精神與實質雙管齊下才有效；提高工人地位與資方平等，調整待遇使工人認為他付出的勞力所得到的報酬值得，最起碼要使其足以養家活口，才能安心工作。

國人自營的工廠，老闆對員工的觀念多數仍處於農業時代的舊觀念，把員工有工作做，有一碗飯吃，認為是他所賜的；有些工廠公傷不負責，工作時間沒有制度；我們經常可看到報紙上登某些工廠叫工人加班不給工資而發生糾紛，我曾接到一些女工給我的信，抗議她們工廠一年之中只在過年放兩天假，其餘都不放假。也有人向我說，她們工廠一天到晚要她們加班，每天加到深夜十一二點，她們一個月的工作時間，比每天上班八小時的人多一倍。當然，這種工廠目前已不多了。

對這些，我們雖然訂有很多勞工法令在保障，但員工們都不敢檢舉，執法單位又是被動的，所以幾乎等於虛有其法。

外資工廠最受詬病的是本國人經理，當然愛護本國工人的管理人員不在少數，但多數為求升遷，刻薄自己的同胞處處求表現，也許這是自求多福的人性。本書中有三篇是寫這種情況的，主旨在啟發這群人能發揮同胞之愛。六十六年三月蔣院長曾要求稅務人員能潔身自愛，監察院監察委員們也響應發言，我有所感而就熟悉的故事，寫了〈婉晴的失眠症〉。

引進外資創造了更多的就業機會，也啟發我們的經濟起飛。但我們所賺的只是賣勞力的血汗錢，大幅的利潤由外商賺回他們本國去，先進國家國民的享受；可說是剝削後開發國家國民的勞力。如何連絡韓國、菲律賓、印尼、馬來西亞等國家，對外資工廠採取同一的合理工資，不必在勞力上競相削價，應該是行得通的。我國民生主義追求的均富目標，應擴及國與國平均富有，人類都能安和樂利，守望相助，達到世界大同的境界。

一家外資公司大約有十個左右是他們本國人，職位是總裁、經理、廠長之類的高級人員。他們的薪水每月有四千至五千元美金，房租津貼每月一千元美金，孩子讀書，公司一個一年貼一千五百元美金，他們每年有三個星期的休假可帶家眷回本國渡假，公司支付全家來回的機票與旅費。一個外資公司付給他們在臺灣的經理人員的薪水及一切津貼，一年約有十萬多的美金，折合臺幣約四百萬元。我們的女工每月薪水臺幣兩千七八至三千元左右，他們十個高級人員的薪水可抵我們一千個女工的所得還綽綽有餘！

去年十一月，美國基督教婦女團體，為響應卡特的人權運動，各州推派德高望重的婦女組團來考察東亞各國的女權問題，她們蒞臨臺灣時，我應邀去向她們演講外資在台設廠及臺灣女工的情況，跟她們參觀臺中加工區及其他的工廠，參觀後主持她們的女工問題討論會，在會上我向她們說：希望她們回國後向國會建議，促請在臺投資的廠商發揮基督博愛的精神，多多嘉惠我們的女工。她們綻開一抹微笑，我也會心一笑！我想這可能只是一笑而已。求人不如求己，國人應努力圖強，學習精密工業的技術，配合政府發展精密工業賺好賺的技術錢，不必光是苦賺賣勞力的血汗錢，將來外資廠商若不經營了，政府或民間能有錢買下來，轉化為國人的資本，所賺利潤在國內流通，讓國人共享。

幾年來我執著於寫工廠人的小說，有人說楊青矗的小說寫來寫去都是工廠人，甚至有人別具用心，故意張冠李戴。其實我的寫作宗旨，一直跟蔣院長時時刻刻要大家反應民間疾苦，不必說好話，說真話不謀而合。在我已出的五本書中，只有《工廠人》與本書寫工廠人而已，其他的包含面仍然很寬。等我工廠這類的作品寫告一段落，我會寫漁村、農村、都市、商場、企業家等的作品。近四、五年來我對選舉有深入的觀察，如果我寫起選舉小說來可能要比工人小說好。

去年在臺灣研究女工撰寫博士論文的美籍學生琳達小姐，來高雄跑工廠做研究時，順便來找我。相談之下，我驚訝她對臺灣女工的瞭解幾乎無微不至；並且滿腦子說不完的女工故事。她說她要以小說體裁寫五十篇女工的故事，做為她論文的依據，並已寫了一部份寄回美國發表了。本國學者在這方面，我還沒發現像她那樣深入工廠在做研究的。她在女工宿舍跟女工們住在一起，記錄她們的言行與生活，訪問卷挖掘她們內心所思所想，訪問女工家庭情況，派助手進工廠當女工體驗女工生活，觀察與蒐集資料。我們自己的事，做得不如外國人，實在汗顏！在寫工廠人的作品還沒有接棒人之前，我的工人同伴還需要我，容我再為大家盡一份棉薄的力量吧！

（一九七八年元月十五日脫稿）

附錄「工廠女兒圈」訪問卷

十幾年來臺灣由農業社會，進入經濟發展的工業社會。工廠從業人口已不亞於農業人口，在這個轉型期，社會結構及人生的價值判斷都在改變。在此新制度未完全建立，舊型態難於適應工業社會的新生活之時，我們需要共同瞭解問題，探討問題的癥結，謀求改進之道，為建立康和樂利的社會而奮鬥。

個人雖然在工廠做了十七八年，也經常提著錄音機跑到各地的工廠訪問和觀察。但為求對工廠勞資雙方的全盤瞭解，工廠中新知識新情況的認識，希望在工廠工作的兄弟姐妹能接受我的訪問。我在這方面訪問約可歸納為六大項：

個人資料：

工廠員工的教育程度、省籍、來自區域年齡界限，戀愛與婚姻狀況，家庭背景。

工作背景：

工廠員工對工作的愛憎與展望，流動性分析，對薪水福利反應程度，對公司領導階層的觀感，對紀律的服從情形，與同事相處狀況，對工會的了解，對工廠會議的關懷，對公司政策的參予感，工業災害與安全衛生情形。

個人展望：

工廠員工對人生的目標，生活的態度，對自己所扮演經濟角色的自估，對社會給予觀感與勞工待遇的意見。

管理階層：

經理以上的管理階層、主任及領班階層，對員工的領導情況及態度，發生糾紛個案。

下班生活：

員工平常的活動情況，包括活動種類、性質、時間、喜愛程度，戀愛、婚姻、音樂、衣、食、住、行的生活習慣。

個案故事：

在工廠中發生有關各種動人的故事，有趣的事件及各種生活的個人故事。

請您以親身的體驗，和寶貴的意見提供給我，以便蒐集、研究，從中取材撰述為文，說出大家的心聲。

下面所提出的問題，請幫忙據您知道的回答，越詳細越好，您也可以不必按照題目回答，有什麼心得就寫下什麼。請您也介紹朋友和同事接受這個訪問。最好能找幾個朋友一起來，我們以聊天的方式面談訪問，使我有機會向您們求益，更深入的瞭解大家的生活情形。訪問題目最好以稿紙寫下答案寄給我，我沒有什麼可答謝您的，只能寄贈拙作，向您表示萬分的敬意與謝意。

如果您不擅於書寫，請來信示知，我可以專程拜訪，向您求益。

您若不是工廠人，在生活的經驗上有某些資料要提供給我，也很歡迎。

楊青矗

通信處：高雄市自強三路一二〇巷＊＊號

電　話：二四七四〇九

編按：附錄問卷為一九七五年初版時即有，今再版仍原樣保留供讀者參考。當時留的住址是楊青矗主持的敦理出版社地址，如今原址已易主，為保留現今屋主隱私故部份隱去，尚祈讀者海涵。

訪問題目

一、您到工廠工作最主要的目的是什麼？

二、您從哪裏來這個工廠工作？年齡？籍貫？學歷？家中有多少人？您排行第幾？您家有幾個人賺錢？誰負擔家庭生計責任？您賺的錢要寄回去補貼嗎？

三、您來這家工廠工作是朋友介紹的或看報紙應徵的？其他的員工多半是怎樣召募的？

四、您們工廠生產什麼？您負責什麼工作？工作過程如何？也請介紹各部門的情況。

五、現在員工有幾人？男多少？女多少？年資最久的有幾年？

六、您做過幾家工廠？以前的工廠為什麼離職？還想不想再換其他的工廠工作？

七、您們同事能安定在這家工廠做下去的原因是什麼？比如待遇好，工作輕鬆與領班相處得不錯，同事的感情很好，離家近，有交通車等等。

八、您們同事離職的原因是什麼？請舉五個說明一下？

九、這家工廠有什麼福利設施？或以福利金辦的活動？

十、您們工廠有沒有為員工投勞工保險？員工對勞保的認識如何？
十一、對勞保醫療您滿意和不滿意的是什麼？
十二、您們工廠有沒有工會？同事們對工會有什麼認識？
十三、這家工廠與別家比有哪些好處？哪些缺點？
十四、這家工廠的老闆是怎麼起家的？每年擴大的情形如何？
十五、影響您找工作和換工作的最大原因是什麼？
十六、工廠工作之外，您希望做哪些工作？
十七、您現在薪水多少？您認為以您現在的工作應該拿多少才值得您付出的勞力或心血？
十八、新工廠成立登報召募員工，您想不想去應徵？為什麼？
十九、您們工廠辦過些什麼活動，您參加過嗎？觀感如何？
二十、您對領班及各級主管的領導覺得如何？有哪些優點或應該改進的？
二十一、您們現在有哪幾種加薪的辦法？您滿意嗎？
二十二、每月您加班幾小時？加班費若干？一年之間有哪些獎金？
二十三、您現在的工廠分幾班輪流？您能過慣大夜班小夜班的生活嗎？您喜歡哪一班？
二十四、您們每年有沒有特別休假？每月休假幾天？您對這種辦法認為是否合理？
二十五、您來工廠工作學到些什麼東西？包括為人、交友、跟技術方面的。

二十六、您是否離鄉在外面工作？換工作是否徵求父母的同意？
二十七、您認為在工廠最使您滿意的是什麼？
二十八、您們工廠有哪麼該改進的地方？
二十九、業餘您做些什麼消遣？
三　十、您認為社會人士對工人的地位有什麼看法？應該如何提高？
三十一、您喜歡在國人經營的工廠或是外資工廠工作？為什麼？
三十二、您們老闆如何經營他的工廠？假如您是老闆您怎麼經營它？您認為有那些該改進的？如何來管理員工？
三十三、您認為這家工廠的工作環境如何？有哪些優點或缺點？該怎麼改進？
三十四、您們老闆會注意工業衛生嗎？對公傷員工怎麼處理？她們是怎麼受傷的？
三十五、您們同事的結婚對象都怎麼認識的？媒人介紹？自由戀愛？
三十六、對目前適婚年齡女多於男您的看法如何？
三十七、您結婚後還想不想再工作？為什麼？
三十八、您們工廠結了婚有孩子的女性，會不會覺得身在工廠心在家？工廠需不需要有托兒所之類的設備，讓有孩子的婦女安心工作？
三十九、您們同事之間結婚的多不多？

四十、您認為人生是為生活而工作或為工作而生活？

國家圖書館出版品預行編目 (CIP) 資料

工廠女兒圈 / 楊青矗作 . -- 初版 . -- 臺北市 :
水靈文創 , 2017.12
256 面 ; 14.8×21 公分 . -- (楊青矗作品集 ; 2)
ISBN 978-986-95963-0-5(平裝)

857.7　　106024528

楊青矗作品集 ❷

工廠女兒圈

作　　者　楊青矗

總 編 輯　陳嵩壽
編　　輯　張昱閔
校　　對　楊士慧
視覺設計　有閑創意
行　　銷　張毓芳
公關企劃　陳以潔
出 版 社　水靈文創有限公司
郵　　撥　台灣企銀 松南分行 (050) 11012059088
地　　址　11444 台北市內湖區內湖路一段 387 巷 3 弄 2 號 1 樓
網　　址　www.fansapps.com.tw
電　　話　02-27996466
傳　　真　02-27976366

總 經 銷　聯合發行
電　　話　02-29178022
初　　版　2018 年 1 月
I S B N　978-986-95963-0-5
定　　價　新臺幣 300 元